哈福

Fast 老外怎麼說都聽得懂

好聽力！

用耳朵學英語

附 MP3

施孝昌◎著

哈福

我的第一本聽力學習書

用聽的學英語

　　你還記得你怎麼學中文的嗎？沒錯，是從聽的開始。在你會看中文之前，在你會寫中文之前，在你還很小的時候，你周遭的人在講話，你就跟著說，你絕不會在乎你說的對不對，好像你每講一個字，一句話，身旁的大人都覺得很不可思議，你就越講越高興，我們就用同樣的方法來學英語吧。

　　我們美國公司所製作的每一本英語學習書，都是模擬美國人每天說的話，你在我們所製作的英語書裡，所學到每一句英語，都可以隨時用來跟美國人說，美國人一定聽得懂，每一句話保證都是純美語，我們要你天天聽，時時聽，有空就聽，聽了之後，你就得跟著說，那如果聽不懂，怎麼跟著說呢？

　　所以，我們錄製 MP3 時，都會有先用慢慢的速度念，我們要求美籍老師慢慢唸的原因就是，要讓你先聽得懂，這樣你才能夠跟著說。

速聽學英語

　　你看電視或是看電影的時候，會不會覺得美國人說英語說的很快，好像每一個字都是連成一個字說出來的，實際上，美國人還是一字一字分開說的，只是語調的關係，所以聽起來，好像一句話裡的每個字都是連成一個字。

　　我們的 MP3 先以慢的速度念給你聽，目的在讓你聽得懂，可以跟著唸，等你會跟著唸之後，你還要學會聽懂美國人説英語的正常語調，我們的 MP3 曲目 54~105 裡，就是美國老師用他們平常説英語的正常速度來念給你聽，你如果能夠聽熟他們的語調，你會發現，他們説的英語其實也是一個字一個字的説的。當你聽得懂美國老師以正常速度念英語時，你就是從騎著三輪車慢吞吞學英語的階段，進步到開著快速的法拉利跑車飛速學英語的階段了。

　　本書分 2 部份，Part　1　速聽學英語──好聽力！從聽會話開始；Part　2　速聽學英語──好聽力！從聽單字開始。我在此預祝你學英語的路程突飛猛進。

English　SAY　&　DO

這是人們的記憶

讀來的，記得 10　%

聽來的，記得 20　%

看來的，記得 30　%

看又聽的，記得一半

説出口的，記得 70%

説了並做的，記得 90　%

　　所以，你在學英語的時候，聽了之後，要記得説出口噢！

Contents

前言
我的第一本聽力學習書 2

Part 1 速聽學英語　好聽力！從聽會話開始

1	請客 8
2	請假 11
3	敬酒 13
4	請求幫忙 15
5	提出要求 17
6	問路 20
7	詢問資訊 -- 詢問電影時間...23
8	詢問資訊 -- 詢問入場費......25
9	詢問資訊 -- 詢問觀光團...28
10	提供服務 30
11	民以食為天 -- 在餐廳........32
12	民以食為天 -- 在速食餐廳...35
13	民以食為天 -- 買水果........37
14	民以食為天 -- 餐桌上........40
15	民以食為天 -- 我吃飽了......43
16	購物 -- 買衣服................45
17	購物 -- 買鞋子................48
18	購物 -- 購買飾物................50
19	購物 -- 買電器................53
20	介紹 55
21	生病 58
22	生病 -- 吃藥................61
23	問意見 64
24	喜怒哀樂 -- 生氣................66

25	喜怒哀樂 -- 高興................68
26	喜怒哀樂 -- 悲傷................70
27	喜怒哀樂 -- 驚訝實用例句...72
28	喜怒哀樂 -- 懊悔................75
29	喜怒哀樂 -- 關懷................78
30	計畫未來 -- 度假................80
31	計畫未來 -- 上大學.............82
32	計畫未來 -- 新工作.............85
33	計畫未來 -- 買新房子.............88
34	計畫未來 -- 買新車.............91
35	聊天 -- 氣候................94
36	聊天 -- 家人................96
37	聊天 -- 學校................98
38	聊天 -- 上班................100
39	聊天 -- 新聞................103
40	聊天 -- 朋友實用例句......106
41	交通 -- 開車................108
42	交通 -- 計程車................110
43	交通 -- 地下鐵................113
44	交通 -- 公車................116
45	交通 -- 搭飛機................119
46	交通 -- 舟船................122
47	娛樂 -- 音樂................124
48	娛樂 -- 看電影................127

49 娛樂 -- 看電視......................129

51 娛樂 -- 閱讀........................134

50 娛樂 -- 野餐.........................132

52 打電話................................137

Part 2 速聽學英語　好聽力！從聽單字開始

Lesson 1 140

Lesson 21 161

Lesson 2 141

Lesson 22 162

Lesson 3 142

Lesson 23 163

Lesson 4 143

Lesson 24 164

Lesson 5 144

Lesson 25 165

Lesson 6 145

Lesson 26 166

Lesson 7 146

Lesson 27 167

Lesson 8 147

Lesson 28 168

Lesson 9 148

Lesson 29 169

Lesson 10 149

Lesson 30 170

Lesson 11 150

Lesson 31 171

Lesson 12 151

Lesson 32 172

Lesson 13 152

Lesson 33 173

Lesson 13 153

Lesson 34 174

Lesson 14 154

Lesson 35 175

Lesson 15 155

Lesson 36 176

Lesson 16 156

Lesson 37 177

Lesson 17 157

Lesson 38 178

Lesson 18 158

Lesson 39 179

Lesson 19 159

Lesson 40 180

Lesson 20 160

Lesson 41 181

Contents

Lesson 42.................................. 182

Lesson 43.................................. 183

Lesson 44.................................. 184

Lesson 45.................................. 185

Lesson 46.................................. 186

Lesson 47.................................. 187

Lesson 48.................................. 188

Lesson 49.................................. 189

Lesson 50.................................. 190

Lesson 51.................................. 191

Lesson 52.................................. 192

Lesson 53.................................. 193

Lesson 54.................................. 194

Lesson 55.................................. 195

Lesson 56.................................. 196

Lesson 57.................................. 197

Lesson 58.................................. 198

Lesson 59.................................. 199

Lesson 60.................................. 200

Lesson 61.................................. 201

Lesson 62.................................. 202

Lesson 63.................................. 203

Lesson 64.................................. 204

Lesson 65.................................. 205

Lesson 66.................................. 206

Lesson 67.................................. 207

Lesson 68.................................. 208

Lesson 69.................................. 209

Lesson 70.................................. 210

Lesson 71.................................. 211

Lesson 72.................................. 212

Lesson 73.................................. 213

Lesson 74.................................. 214

Lesson 75.................................. 215

Lesson 76.................................. 216

Lesson 77.................................. 217

Lesson 78.................................. 218

Lesson 79.................................. 219

Lesson 80.................................. 220

Lesson 81.................................. 221

Lesson 82.................................. 222

Lesson 83.................................. 223

Lesson 84.................................. 224

Lesson 85.................................. 225

Lesson 86.................................. 226

Lesson 87.................................. 227

Lesson 88.................................. 228

Lesson 89.................................. 229

Lesson 90.................................. 230

Lesson 91.................................. 231

Lesson 92.................................. 232

Lesson 93.................................. 233

Lesson 94.................................. 234

Lesson 95.................................. 235

Lesson 96.................................. 236

Lesson 97.................................. 237

Part 1

速聽學英語

──好聽力！從聽會話開始

Lesson

1

請客

實用例句 Useful Sentences

- I'll treat you to some ice cream.
  （我請你去吃冰淇淋。）

- It's on me.
  （我請客。）

- Let's go to the movies, my treat.
  （去看電影吧，我請客。）

- Let me buy you a drink.
  （讓我請妳喝杯飲料。）

- She treated me to dinner.
  （她請我吃晚餐。）

對話一 Dialog 1

（看完電影出來）

A That was a great movie.
（那部電影真棒。）

B Yeah, thanks for the treat.

（對啊，謝謝你請客。）

Let me get you a drink.

（讓我請妳喝杯飲料。）

A No, thanks. It's late.

（不，謝了。時間有些晚了。）

I think I should get going.

（我想我該走了。）

B Okay, I'll take you home then.

（好吧，那我載妳回家吧。）

對話二 Dialog 2

A Hey, do you want to go grab a drink?

（嗨，你想不想喝些什麼？）

B Are you paying?

（你付錢嗎？）

A Yeah, it's my treat.

（對啊，我請客。）

B I guess it couldn't hurt.

（我想喝一杯也無妨。）

單字

treat [trit] v. 請客

drink [drɪŋk]　n. 飲料

late [let] 遲到

should [ʃʊd] 應該

grab [græb] 匆忙地拿；隨便吃一下

pay [pe] 付錢

guess [gɛs] 猜想

hurt [hɝt]　傷害

Lesson

2　請假

實用例句 Useful Sentences `MP3-3`

- I'm going to take the day off today.
  （我今天要休假。）

- I took a break today.
  （我今天休假。）

- Relax. Take the day off.
  （放輕鬆點，請一天假吧！）

- He called in sick today.
  （他今天打電話請病假。）

- I'm not going to go in today.
  （我今天不去上班。）

對話一 Dialog 1

Ⓐ I don't feel like going to work today.
（我今天不想上班。）

Ⓑ Do you feel all right?
（你還好吧？）

A No, I feel kind of sick.

（不好，我好像有點生病。）

B Why don't you call in sick then?

（那你為什麼不打電話請病假呢？）

對話二 Dialog 2

A I've been working too much lately.

（我最近工作太累。）

B Why don't you take a break?

（為什麼不休個假呢？）

A That's a good idea.

（那主意不錯。）

It's about time I took a day off.

（也該是我請一天假的時候了。）

B That's for sure.

（那當然了。）

單字

break [brek] n. 短暫的休息

relax [rɪˈlæks] 放輕鬆

feel [fil] 感覺

kind of （口語）有一點

lately [ˈletlɪ] 近來；最近的

idea [aɪˈdɪə] 主意

Lesson

3

敬酒

實用例句 Useful Sentences

MP3-4

- He gave a toast at his brother's wedding.
  （他在弟弟的婚禮上敬酒祝福他的弟弟。）

- He always toasts before he drinks.
  （他總在喝酒前先敬大家酒。）

- I would like to propose a toast.
  （我想提議大家舉杯敬酒。）

- To our health!
  （願大家健健康康！）

- Who is going to give the toast?
  （誰要敬酒？）

對話一 Dialog 1

A Let's drink!
（喝杯酒吧！）

B Wait, I'd like to have a toast first.
（等一下，我想先敬個酒。）

A All right then, to what?
（好啊，你想敬大家什麼？）

B To our health and to our happiness!

（願大家健康快樂！）

對話二 Dialog 2

A He proposed a really nice toast at his brother's wedding.

（在弟弟的婚禮上，他敬酒敬得很不錯。）

B What did he toast to?

（他說了什麼話嗎？）

A He toasted to their happiness and their long life together.

（他祝他們永遠快樂長壽。）

B That's nice.

（他真好。）

單字

toast [tost] 祝酒

wedding ['wɛdɪŋ] 婚禮

always ['ɔlwez] 總是

propose [prə'poz] 提議

health [hɛlθ] 健康

happiness ['hæpɪnɪs] 快樂

really ['riəlɪ] 真的

together [tə'gɛðɚ] 一起

Lesson

請求幫忙

實用例句 Useful Sentences

MP3-5

- Could I ask you for a favor?
  （我可以請你幫個忙嗎？）

- Would you do me a favor?
  （你可以幫我個忙嗎？）

- I need a favor.
  （我需要幫忙。）

- Would you mind doing me a favor?
  （你介意幫我個忙嗎？）

- I have a favor to ask.
  （我想要請你幫忙。）

對話一 Dialog 1

A Could I ask you for a favor?
　　（我可以請你幫個忙嗎？）
B Sure, what do you need?
　　（好啊，你需要什麼？）
A I need a ride to work.

15

（我需要有人載我去上班。）

B No problem. How far is your work?

（沒問題，上班地方有多遠？）

對話二　Dialog 2

A Would you do me a really big favor?

（你可以幫我一個大忙嗎？）

B Depends. What is it?

（那要看是什麼忙？）

A I need you to take me to the grocery store to go shopping.

（我需要你載我去雜貨店買東西。）

B I guess, but only if you shop quickly.

（如果你買的很快，我可以載你去。）

單字

favor ['fevɚ] （美語）幫忙；恩惠

mind [maɪnd] v. 介意

ride [raɪd] 搭載；（用車子）載

problem ['prɑbləm] 問題

far [fɑr] 遠

depend [dɪ'pɛnd] v. 視～而定

grocery store 雜貨店

shop [ʃɑp] v 購物

quickly ['kwɪklɪ] 很快地

Lesson

5

提出要求

實用例句 Useful Sentences

MP3-6

• Could you pass me the salt, please?
（能不能請你把鹽遞過來？）

• Would you give me a lift to the movies?
（你可以順道載我去看電影嗎？）

• I need to ask you something.
（我需要問你一些事。）

• Could I ask you something personal?
（我能不能問你一些私人的事？）

• Please help me move the car.
（請你幫我移動車子。）

對話一　Dialog 1

🄰 This food tastes like it needs something.
（這食物吃起來好像需要加點什麼東西。）

🄱 Yeah, no kidding.
（對啊，一點也沒錯。）

Could you pass me the salt, please?

（能不能請你把鹽遞過來？）

Ⓐ Sure, here you go.

（好啊，拿去。）

Ⓑ Yeah, that's it.

（這才比較有味道嘛。）

It just needed some salt.

（它只是需要一點鹽。）

對話二 Dialog 2

Ⓐ Could I ask you for a favor?

（我可以請你幫個忙嗎？）

Ⓑ Sure, what is it?

（好啊，什麼事呢？）

Ⓐ Would you please give me a lift to the movies?

（你可以順道載我去看電影嗎？）

Ⓑ I suppose I could.

（我想應該可以。）

單字

pass [pæs] 投；遞

salt [sɔlt] 鹽

lift [lɪft] （口語）搭便車

movie [ˈmuvɪ] 電影

personal [ˈpɝsn̩l̩] 私人的

food [fud] 食物

taste [test] v. 品嚐；嚐起來

favor [ˈfevɚ]（美語）幫忙；恩惠

suppose [səˈpoz] 認為理應的

Lesson

6

問路

MP3-7

- Where is the nearest bank?
  （最近的銀行在哪裡？）

- How do I get to the movie theater?
  （我要怎麼走才能到電影院？）

- Where did my friends go?
  （我的朋友們去哪裡了？）

- Where's the bathroom?
  （浴室在哪裡？）

- Where is the vending machine?
  （自動販賣機在哪裡？）

對話一 Dialog 1

A Could you tell me where the nearest bank is?
（你能不能告訴我最近的銀行在哪裡？）

B Sure, it's right down the street, not two blocks from here, on the right hand side.

（當然，從這條街走下去，距離這裡還不到兩個街口，就在你的右手邊。）

A Straight two blocks, on the right?

（直直走，經過兩個街口，在右手邊。）

B That's right.

（沒錯。）

You can't miss it.

（你一定找得到的。）

（對話二 Dialog 2）

A Excuse me, could you tell me where the bathroom is?

（抱歉，可不可以告訴我洗手間在哪裡？）

B Sure, you go down that hall, turn left.

（好的，往走廊走下去，左轉。）

It will be the second door on the right.

（右手邊的第二個門。）

A Thanks.

（謝謝。）

B Oh, sorry, the Men's Room is on the left.

（啊，抱歉，男廁所在左手邊。）

單字

nearest ['nɪrɪst] 最靠近的（near 的最高級）

bank [bæŋk] 銀行

theater [ˈθɪətɚ] 戲院

vending machine 自動販賣機

block [blɑk] （市區裡）街段

miss [mɪs] v. 錯過

hall [hɔl] 走道

second [ˈsɛkənd] 第二

left [lɛft] n. 左邊

Lesson

詢問資訊 -- 詢問電影時間

實用例句 Useful Sentences

* What time is the movie?
  （電影是幾點？）

* When is the movie on?
  （電影幾點上映？）

* What's the show time?
  （上映時間幾點？）

* What time does the movie show?
  （電影幾點上映？）

* When does the movie come on?
  （電影幾點上映？）

對話一 Dialog 1

A What time is the movie?
  （電影幾點？）

B Which movie?
  （哪一部？）

A Star Wars.
（星際大戰。）

B It's at three thirty.
（三點半。）

對話二 Dialog 2

A When does the movie come on?
（電影什麼時候開始？）

B Five fifteen.
（五點十五分。）

A When are we leaving?
（我們什麼時候出發？）

B Five o'clock.
（五點。）

單字

show [ʃo] 表演 v.（電影）放映

leave [liv] 離開

movie ['muvɪ] 電影

which [whɪtʃ] 哪一個

Lesson

8 詢問資訊 -- 詢問入場費

實用例句 Useful Sentence

MP3-9

- How much does it cost?
  （這多少錢？）

- How much is it to get in?
  （入場券多少錢？）

- What's the price?
  （價格多少？）

- How much?
  （多少錢？）

- What's the admission?
  （入場券多少錢？）

對話一 Dialog 1

A How much does it cost to get in?
（入場費多少？）

B Five bucks.
（五塊錢。）

A Is that all?

（這樣就夠了嗎？）

B Unless you want a drink.

（除非你想要點飲料。）

Then I'd bring a ten.

（那麼我會帶十元去。）

對話二 Dialog 2

A How do I get to the movies?

（要怎樣才能到電影院？）

B Go down Parker Road, take a right on Park

（走帕克路，然後在公園路右轉。）

It will be on your left.

（電影院在你左手邊。）

A What's the admission?

（入場費多少？）

B Well, if you make it before 5 o'clock, you'll get matinee prices, and it will only cost you three dollars.

（如果你在五點前入場，就可以享受午場電影的票價，只要三塊錢。）

單字

cost [kɔst] n. 價格；成本； v. 花費

price [praɪs] 價格

admission [əd'mɪʃən] n. 入場費

buck [bʌk] （口語）一元

unless [ən'lɛs] 除非

matinee [ˌmætn̩'e] 午場電影

price [praɪs] 價格

Lesson

9 詢問資訊 -- 詢問觀光團

實用例句 Useful Sentences

MP3-10

- What time does the tour start?
  （導覽什麼時候開始？）

- What are we touring?
  （我們要參觀什麼？）

- How much does the tour cost?
  （導覽參觀的費用是多少？）

- Where does the tour start?
  （導覽什麼時候開始？）

- When's the tour?
  （導覽什麼時候開始？）

對話一 Dialog 1

A What are we touring?
（我們要參觀什麼？）

B We are taking a tour of downtown Dallas.
（我們要參觀達拉斯市中心。）

Ⓐ What time does it start?

（什麼時候出發？）

Ⓑ It starts at three o'clock.

（三點。）

對話二 Dialog 2

Ⓐ How was the tour?

（導覽參觀你覺得如何？）

Ⓑ Not too bad.

（還不錯。）

It only took an hour.

（全程只有一個鐘頭。）

Ⓐ Where was it?

（去了哪裡？）

Ⓑ Downtown.

（市中心。）

單字

tour [tʊr] 旅遊

start [stɑrt] 開始

downtown [ˈdaʊnˈtaʊn] 市區；市中心

hour [aʊr] （時間單位）小時

Lesson

10　提供服務

實用例句 Useful Sentences

- Could I offer you some advice?
  （我可以給你一點意見嗎？）

- I brought something for you.
  （我帶了一些東西來給你。）

- I have a present for you.
  （我有個禮物要給你。）

- Could I buy you dinner?
  （可以請你吃晚餐嗎？）

- Would you care for drink?
  （你想喝點什麼嗎？）

對話一 Dialog 1

🄰 My girlfriend just broke up with me.
（我女朋友剛剛和我分手。）

🄱 Could I offer you some advice?
（我可以給你一點建議嗎？）

🄰 What's that?
（什麼建議？）

B Don't take it so hard.
（以輕鬆一點的心態處理這件事。）

She wasn't very good for you anyway.
（她並不適合你。）

對話二 Dialog 2

A Hey, Steve, how are you doing?
（嗨，史帝夫，你好嗎？）

B Fine, Lisa. You?
（還不錯，妳呢？麗莎。）

Listen, I was wondering if I could buy you dinner sometime?
（我在想，可不可以找個時候請你吃晚餐？）

A That'd be great. When?
（好啊，什麼時候？）

B How does tomorrow sound?
（明天如何？）

單字

advice [əd'vaɪs] 忠言；勸告；建議

present ['prɛznt] 禮物

care [kɛr] 關心；在乎；在意；照顧

broke up 男女朋友分手（break 的過去式）

hard [hɑrd] 認真的；嚴苛的

wonder ['wʌndɚ] 想；想知道

sound [saʊnd] v. 聽起來

Lesson

11 民以食為天 -- 在餐廳

MP3-12

- What are the specials today?
  （今天的特餐是什麼？）

- What do you recommend?
  （你有什麼建議？）

- What is the house salad?
  （什麼是主廚沙拉？）

- Are you ready to order?
  （你要點餐了嗎？）

- Could I get the check, please?
  （請把帳單拿過來好嗎？）

對話一

Ⓐ My name is John, and I'll be your waiter this evening.
（我是約翰，我是你們今晚的服務生。）

Ⓑ Hey, John, what are the specials today?

（嗨，約翰，今天的特餐是什麼？）

A Spaghetti with meatballs is the special today.

（義大利麵加上肉丸子。）

B And would you recommend the spaghetti?

（你建議我們點特餐嗎？）

A The spaghetti here is delicious, sir.

（先生，我們的義大利麵非常好吃。）

對話二 Dialog 2

A How was the food, sir?

（先生，一切都還好嗎？）

B Excellent.

（美味極了。）

A Could I interest you in some dessert?

（你對甜點有興趣嗎？）

B No, thank you.

（不了，謝謝。）

I'll just take the check, please.

（請把帳單給我吧。）

單字

special ['spɛʃəl] n. 特餐

recommend [ˌrɛkə'mɛnd] 推薦；介紹

salad ['sæləd] 沙拉

ready ['rɛdɪ] 準備好

order ['ɔrdɚ] 點菜

waiter ['wetɚ] 侍者

delicious [dɪ'lɪʃəs] a. 好吃的；美味的

dessert [dɪ'zɝt] n.（飯後）甜點

Lesson

12 民以食為天 -- 在速食餐廳

實用例句 Useful Sentences

MP3-13

- Would you like some fries with that?
  （要不要來一點些薯條？）

- Could I have a milkshake?
  （我要一杯奶昔。）

- Where is the meal menu?
  （菜單呢？）

- Could you repeat the order, please?
  （可以請你把要點的菜再重複說一次好嗎？）

- Would you like anything else with that?
  （除了這些，你還要再點些別的嗎？）

對話一

A Can I take your order?
（可以點餐了嗎？）

B I'd like a cheeseburger, please.
（我想點一個起士漢堡。）

Ⓐ Would you like some fries with that?

（要不要來些薯條？）

Ⓑ Yes, and a large lemonade, too.

（好的，還要一杯大杯的檸檬汁。）

對話二 Dialog 2

Ⓐ Could I have a milkshake?

（我想點一杯奶昔。）

Ⓑ Sure. Would you like anything else with that?

（好的，還要其他什麼東西嗎？）

Ⓐ No, thanks.

（不了，謝謝。）

Ⓑ Your total is $1.99.

（總共是 1.99 美元。）

單字

fries [fraɪz] 薯條

milkshake [ˌmɪlkˈʃek] 奶昔

menu [ˈmɛnju] 菜單

repeat [rɪˈpit] 重複

total [ˈtotl̩] 總共

Lesson

13 民以食為天 -- 買水果

實用例句 Useful Sentences

MP3-14

- When are strawberries in season?
  （什麼時候是草莓季？）

- These bananas aren't very ripe.
  （這些香蕉還沒有熟。）

- How fresh are the apples?
  （蘋果有多新鮮？）

- This grape is pretty shriveled.
  （這葡萄很乾扁。）

- This peach is really juicy!
  （這個桃子很多汁。）

對話一 Dialog 1

A When are the strawberries in season?
（什麼時候是草莓季？）

B This month, actually.
（這個月。）

Ⓐ Do you have any fresh ones?

（你們有新鮮草莓嗎？）

Ⓑ Yes, ma'am. Right over here.

（有的，在這邊。）

對話二 Dialog 2

Ⓐ How does that banana taste?

（香蕉味道如何？）

Ⓑ It's not the best I've ever had.

（不是我吃過最好吃的。）

Ⓐ What's wrong with it?

（怎麼了嗎？）

Ⓑ It's not very ripe.

（不是很熟。）

See how green it is?
（看看它，還是綠的呢？）

單字

strawberry [ˈstrɔbɛrɪ] 草莓

season [ˈsizn̩] 季節

ripe [raɪp] 熟透的

fresh [frɛʃ] 新鮮的

pretty [ˈprɪtɪ] adv. 非常；相當

shriveled [ˈʃrɪvḷd] 乾扁

grape [grep] 葡萄

juicy [ˈdʒusi] 多汁的

actually [ˈæktʃʊəlɪ] adv. 確實的

taste [test] v. 嚐起來

Lesson

14 民以食為天 -- 餐桌上

MP3-15

- I'll set the table.
  （我來把桌子準備好。）

- Would you pass the salt, please?
  （請你把鹽遞過來，好嗎？）

- These potatoes are delicious.
  （這些馬鈴薯很好吃。）

- Thanks for making dinner for me.
  （謝謝你為我準備晚餐。）

- Thanks for buying dinner for me.
  （謝謝你請我吃晚餐。）

- Could I get an extra napkin?
  （我可以再要一份餐巾嗎？）

對話一 Dialog 1

🅐 I'll set the table.
   （我會把桌子擺好。）

B Thanks.

（謝謝。）

A No problem.

（沒問題。）

You're cooking, and it's the least I could do.

（你煮飯，至少我可以把餐桌擺好。）

B Well, I appreciate it.

（謝謝。）

對話二　Dialog 2

A Mmm, these potatoes are delicious.

（這些馬鈴薯好吃極了。）

B Thanks.

（謝謝。）

A They need just a little bit of salt, though.

（可是還需要再加一點鹽。）

Could you please pass the salt?

（麻煩你把鹽遞過來好嗎？）

B Sure, here you go.

（好的，拿去吧。）

單字

pass [pæs] 投；遞

salt [sɔlt] 鹽

potato [pəˈteto] 馬鈴薯

extra [ˈɛkstrə] 額外的；多餘的

napkin [ˈnæpkɪn] 餐巾；紙巾

appreciate [əˈpriʃɪˌet] v. 感激

though [ðo] （口語）不過

Lesson

15 民以食為天 -- 我吃飽了

實用例句 Useful Sentences

MP3-16

- I'm full.
  （我吃飽了。）

- Could I have some more?
  （我可以再拿一點嗎？）

- Would you like another helping?
  （你想再拿一份嗎？）

- I'm about to explode!
  （我的肚子快撐破了。）

- I'm stuffed.
  （我好飽了。）

對話一 Dialog 1

A Would you like another helping?
　　（你想再拿一份嗎？）

B No, thanks. I'm stuffed.
　　（不，謝了，我很飽了。）

A Are you sure?
（你確定？）

B Are you kidding?
（你在開玩笑吧？）

I'm so full, I'm about to explode!
（我飽的肚子都快漲破了。）

對話二 Dialog 2

A Could I have some more?
（我可以再吃一點嗎？）

B You must really like that dish.
（你一定很喜歡那道菜。）

That's your third helping!
（那是你的第三份了。）

A I'm telling you, it was delicious.
（告訴你，這道菜很好吃。）

B It sure was.
（一點都沒錯。）

單字

full [fʊl] 吃飽

another [əˈnʌðɚ] 另一個

helping [ˈhɛlpɪŋ] 一份食物

explode [ɪkˈsplod] 爆炸

stuffed [stʌft]　塞滿的

Lesson

16　購物 -- 買衣服

實用例句 Useful Sentences

MP3-17

- Where are the fitting rooms?
  （試衣間在哪裡？）

- How does this shirt look?
  （這件襯衫好看嗎？）

- That's a nice sweater.
  （那件毛衣不錯。）

- That shirt really looks good on you.
  （那件襯衫你穿起來真的很好看。）

- This collar is too tight; it's choking me.
  （這領子太緊了，我快不能呼吸了。）

對話一 Dialog 1

Ⓐ These are some nice pants.
（這些褲子很好看。）

Can I try them on?
（我可以試穿嗎？）

B Of course.

（當然可以。）

You just need to go to the fitting rooms.

（你只是需要去試衣間。）

A Where are the fitting rooms?

（試衣間在哪裡？）

B Just take a right past the jewelry department.

（經過珠寶部門後，右轉。）

對話二 Dialog 2

A That's a nice sweater.

（那件毛衣很不錯。）

B You think so?

（你真的這麼覺得？）

A Yeah. I think it would look really good on you.

（是的，我想你穿起來會很好看。）

B Yeah, I guess so.

（我也這樣覺得。）

I think I'll get it.

（我想就買這一件吧。）

單字

fitting room 試穿室

shirt [ʃɜt] 襯衫

sweater [ˈswɛtɚ] 毛衣

tight [taɪt] 緊的

choke [tʃok] 使窒息

pants [pænts] 褲子

jewelry [ˈdʒuəlrɪ] 珠寶

department [dɪˈpɑrtmənt] 部門

Lesson

17 購物 -- 買鞋子

實用例句 MP3-18

- Do you have these shoes in size 8?
  （這鞋子有 8 號的嗎？）

- Are there any with arch support?
  （有沒有足弓撐墊？）

- These shoes aren't quite wide enough.
  （這鞋子不夠寬。）

- Do you have any high heels?
  （你們有高跟鞋嗎？）

- Where is your boot section?
  （你們的馬靴專櫃在那裡？）

對話一 Dialog 1

A Do you have these shoes in size 8?
　（這鞋子有 8 號的嗎？）

B Are these too small?
　（他們太緊了嗎？）

🅐 Yeah. Well, they feel a little tight on the sides.

（是的，兩邊覺得有點緊。）

🅑 How about the same size but a wider fit?

（拿一雙同樣尺寸，但兩邊寬一點的如何？）

對話二 Dialog 2

🅐 Excuse me, sir, where is your boot section?

（先生，抱歉，請問馬靴專櫃在哪裡？）

🅑 Right over there.

（就在那邊。）

🅐 Are there any with arch support in them?

（有沒有足弓撐墊的馬靴？）

🅑 Yeah, I'll show you.

（有的，我拿給您看。）

單字

size [saɪz] 大小；尺碼

support [sə'pɔrt] 支持

arch [ɑrtʃ] 弓形構造

heel [hil] 鞋跟

boot [but] 馬靴

section ['sɛkʃən] （零售店的）部門；區域

tight [taɪt] 緊的

Lesson

18 購物 -- 購買飾物

- Where are your purses?
  （皮包類放在哪裡？）

- Do you have any nice jewelry?
  （有沒有好一點的珠寶首飾？）

- This perfume smells nice.
  （這個香水很好聞。）

- That makeup looks really good.
  （那彩妝很好看。）

- How much does this cost?
  （這個價格多少？）

對話一 Dialog 1

A What do you think of this perfume?
（你覺得這香水如何？）

B It smells really nice.
（味道很好聞。）

What brand is it?

（哪個牌子的？）

A It's Christian Dior.

（克麗絲汀迪奧。）

It's from France.

（法國牌子。）

B Oh, really?

（真的嗎？）

How much does it cost?

（多少錢啊？）

對話二 Dialog 2

A Do you have any jewelry?

（有珠寶嗎？）

B What are you looking for?

（你在找什麼珠寶呢？）

A I'm looking for some earrings for my girlfriend.

（我在找耳環要送給我的女朋友。）

It's our one-year anniversary.

（是為了我們一週年紀念日。）

B Oh, isn't that nice?

（噢，真貼心。）

Here, allow me to show you some of these…

（讓我拿一些款式給你看。）

purse [pɝs] 皮包

jewelry [ˈdʒuəlrɪ] 珠寶

perfume [ˈpɝfjum] 香水

smell [smɛl] v. 聞到

brand [brænd] 品牌

earring [ˈɪrɪŋ] 耳環

anniversary [ˌænəˈvɝsərɪ] 週年紀念日

allow [əˈlaʊ] v. 允許；容許

Lesson

19　購物 -- 買電器

實用例句 Useful Sentences

MP3-20

- What's the wattage on this microwave?
  （這個微波爐的瓦特數是多少？）

- How much RAM does this computer have?
  （這個電腦的 RAM 有多大？）

- Where are your refrigerators?
  （冰箱放在哪裡？）

- How much does it cost?
  （這個價格多少？）

- I'm looking for a good washing machine.
  （我在找一部好的洗碗機。）

對話一 Dialog 1

Ⓐ I'm looking for a good computer.
　（我在找一部好電腦。）

Ⓑ Right this way. How about this one?
　（這邊走，你覺得這個如何？）

Ⓐ How much RAM does it have?

（它的 RAM 多大？）

B Quite enough for a home PC.
（對家用電腦來說很足夠了。）

It has 512MB of RAM.
（它的 RAM 有 512MB。）

對話二 Dialog 2

A Where are you refrigerators?
（你們的冰箱放在哪裡？）

B Right this way.
（往這邊走。）

A Ah, this one looks nice.
（這個看起來很不錯。）

There's plenty of room for the meat and vegetables.
（有很多空間可以放肉和蔬菜。）

How much is it?
（多少錢？）

B $1100.
（1,100 元。）

單字

wattage ['wɑtɪʒ] 瓦特
microwave ['maɪkrə,wev] 微波爐
computer [kəm'pjutɚ] n. 電腦
refrigerator [rɪ'frɪdʒə,retɚ] 冰箱
plenty ['plɛntɪ] 很多
vegetable ['vɛdʒtəbl̩] 蔬菜

Lesson

20 介紹

實用例句 Useful Sentences

MP3-21

- Could you tell me where to find a good hotel?
  （可以告訴我哪裡有好的旅館嗎？）

- Do you know of a good doctor to go to?
  （你認識什麼好醫生嗎？）

- Let me recommend you a good dentist.
  （我來建議你一位不錯的牙醫。）

- Do you know of any good restaurants around here?
  （你知道這附近有好的餐廳嗎？）

- Where's a good travel agency?
  （哪裡有好的旅行社？）

- Do you know where I could find a stockbroker?
  （你知道哪位證券商比較好嗎？）

Ⓐ Excuse me, I'm new around here and was wondering if I could ask you a   .

（抱歉，我第一次來這裡，可不可以請教你一個問題？）

Ⓑ Yeah, sure. What is it?

（可以，你要問什麼呢？）

Ⓐ Do you know of any good Italian restaurants around here?

（你知道這附近有沒有好的義大利餐廳？）

Ⓑ Yeah, there's one right down the street.

（往這條街下去就有一家。）

Ⓐ Excuse me, sir, could you tell me where to find a good hotel?

（先生，抱歉，能否告訴我哪裡可以找到不錯的旅館？）

Ⓑ The Hilton's not bad.

（希爾頓還不錯。）

Ⓐ Could you tell me how to get there?

（要怎麼去呢？）

Ⓑ Yeah, it's pretty easy.

（那地方很好找。）

It's just around the corner there, on the left.
（就在轉角處，左手邊的地方。）

單字

hotel [ho'tɛl] 旅館；飯店

restaurant ['rɛstərənt] n. 餐館；飯店

dentist ['dɛntɪst] 牙醫

agency ['edʒənsɪ] n. 代理商

stockbroker ['stɑkbrokɚ] 證券商

question ['kwɛstʃən] n. 問題

easy ['izɪ] a. 容易的；簡單的

corner ['kɔrnɚ] n. 角落

Lesson

21

生病

實用例句 Useful Sentences

MP3-22

- I think I'm coming down with a cold.
  （我想我是感冒了。）

- I've got a pretty bad headache.
  （我頭痛的很厲害。）

- My nose is running.
  （我鼻水流個不停。）

- I feel kind of nauseous.
  （我覺得有點想吐。）

- You sound like you have a pretty bad cough.
  （你聽起來好像咳得很厲害。）

對話一 Dialog 1

🄰 Hey, you don't look so good.
（嗨，你看起來不是很好。）

🄱 Yeah. I'm not feeling too well.
（是的，我覺得不太舒服。）

A What's wrong?

（怎麼了呢？）

B I've got a pretty bad headache.

（我頭痛的很厲害。）

I don't mean to be rude, but could you please leave me alone for a while?

（我不是沒有禮貌，但你可不可以讓我一個人靜一靜？）

對話二 Dialog 2

A Do you have any tissues?

（你有面紙嗎？）

B What for?

（幹嘛？）

A My nose is running.

（我在流鼻水。）

I think I'm coming down with a cold.

（我想我是感冒了。）

B Well, then, help yourself.

（那你自己去拿吧。）

The tissues are in the restroom.

（面紙在浴室裡。）

單字

cold [kold] n. 感冒

headache [ˈhɛdˌek] 頭痛

nose [noz] 鼻子

nauseous [ˈnɔʒəs] 噁心的

cough [kɔf] 咳嗽

wrong [rɔŋ] 錯誤的；出錯

tissue [tɪʃʊ] 紙巾

Lesson

22 生病 -- 吃藥

實用例句 Useful Sentences

MP3-23

- I need to fill my prescription.
  （我需要拿份這個處方的藥。）

- Could you recommend me some medicine?
  （你可以建議我吃些什麼藥嗎？）

- Do you need some aspirin?
  （你需要一些阿斯匹靈嗎？）

- Have you taken your pills?
  （你吃藥了嗎？）

- Do you have any band-aids?
  （你有 OK 絆嗎？）

對話一 Dialog 1

A Excuse me, I need to fill my prescription.
（抱歉，我需要拿份這個處方的藥。）

B You've come to the right place.
（那你就來對地方了。）

Do you have it with you?
（你有帶處方嗎？）

🅐 Yeah, here it is.

（有，在這裡。）

Also, could you tell me something?
（還有，你能否告訴我一件事？）

I've got a rash here on my ankle.
（我的腳踝上有紅疹。）

Could you recommend me some good
medicine for it?
（能不能建議我一些不錯的藥？）

🅑 Certainly. Try that anti-itch cream in aisle
three.

（當然，試試看抗癢藥膏，在第三排。）

🅐 This one?

（是這個嗎？）

🅑 That's the one.

（就是那個。）

對話二 Dialog 2

🅐 Are you feeling okay?

（你還好嗎？）

B Not really. I've got a pretty bad headache.

（不盡然，我頭疼的很厲害。）

A Do you need any aspirin?

（你需要阿司匹靈嗎？）

B No, thanks. I'd rather just take some Tylenol.

（不，謝謝，我只想吃些普拿疼。）

Do you have any of that?

（你有普拿疼嗎？）

單字

medicine ['mɛdəsn̩] 醫學；醫藥

prescription [prɪˈskrɪpʃən] 處方

recommend [ˌrɛkəˈmɛnd] 推薦；介紹

aspirin ['æspərɪn] （藥）阿斯比靈

pill [pɪl] 藥丸

cream [krim] n. 藥膏

Lesson

23

問意見

- Could I ask for your opinion?
  （我可以聽聽你的意見嗎？）

- How does this dress look on me?
  （我穿這件洋裝好看嗎？）

- What do you think of the soup?
  （你覺得這個湯怎麼樣？）

- How did you like the trip?
  （你喜歡這次的旅行嗎？）

- What's your opinion on the book?
  （你覺得這本書怎麼樣？）

對話一 Dialog 1

Ⓐ This soup tastes a little odd.
（這個湯嚐起來怪怪的。）

Ⓑ Did I ask for your opinion?
（我又沒問你好不好吃？）

🇦 No, but weren't you going to ask me anyway?

（是沒有啊，但你遲早要問的，不是嗎？）

🇧 Well, yes, but… All right. What's wrong with the soup?

（話是沒錯，但是…，好吧，這湯有什麼問題嗎？）

對話二 Dialog 2

🇦 Could I ask for your opinion?

（我可以詢問你的意見嗎？）

🇧 Sure. What about?

（當然，怎麼了嗎？）

🇦 How does this dress look on me?

（這件洋裝適不適合我？）

🇧 Wow! It looks great.

（哇，妳看起來好漂亮。）

單字

opinion [əˈpɪnjən] 意見

soup [sup] 湯

opinion [əˈpɪnjən] 意見

odd [ɑd] 奇怪的

trip [trɪp] 旅程；旅遊

Lesson

24 喜怒哀樂 -- 生氣

MP3-25

- I'm so mad right now!
  （我現在非常生氣！）

- You look a little angry.
  （你看起來有些生氣。）

- That really pisses me off.
  （那件事真的把我惹毛了。）

- There's nothing to be mad about.
  （沒什麼好生氣的。）

- Relax. Go take a breather.
  （放輕鬆點，來，深呼吸。）

對話一 Dialog 1

A What's wrong?

（怎麼了嗎？）

B I'm so mad right now!

（我現在很生氣。）

A What are you mad about?

（你為什麼生氣？）

B Oh, nothing much.

（其實也沒什麼啦。）

It's just that someone really pissed me off.
（只是有人把我惹毛了而已。）

對話二 Dialog 2

A There's nothing to be mad about.

（沒什麼好生氣的。）

B You're telling me! Idiot!

（白癡啊，這還用你說。）

A Woah, hey now.

（好啦，好啦…）

Go relax, and take breather.
（你就放鬆一下，來，深呼吸。）

You need to calm down.
（你需要冷靜一下。）

B Yeah. That's probably a good idea.

（是的，那個主意不錯。）

單字

mad [mæd] 生氣

breather ['briðɚ]　喘氣；喘息時間

idiot ['ɪdɪət] 白癡

relax [rɪ'læks] 放輕鬆

probably ['prɑbəblɪ] 或許；可能的

Lesson

25 喜怒哀樂 -- 高興

實用例句

MP3-26

- I'm so excited!
  （我好興奮啊！）

- Why are you so happy?
  （你為什麼這麼高興？）

- This is the happiest day of my life.
  （這是我一生中最快樂的一天。）

- What are you so excited about?
  （你為什麼這麼興奮？）

- You seem pretty happy.
  （你看起來似乎很高興。）

對話一 Dialog 1

A Everything must be going well for you.
（你一定每一件事都很順利吧。）

B How can you tell?
（你怎麼知道？）

Ⓐ Well, you seem to be pretty happy.

（因為你似乎很高興。）

Ⓑ Well, why wouldn't I be?

（為什麼不呢？）

Everything's going my way.

（我每件事都很順心。）

對話二 Dialog 2

Ⓐ What are you so excited about?

（你為什麼這麼興奮？）

Ⓑ Billy just asked me to marry him.

（比利剛剛向我求婚。）

Ⓐ Oh, wow.

（哇！）

I guess you have a reason to be excited.

（我想你的確有理由這麼興奮。）

Ⓑ Are you kidding?

（這還用說。）

This is the happiest day of my life!

（今天是我一生中最高興的一天。）

單字

excited [ɪk'saɪtɪd] 感到興奮的

seem [sim] 似乎

marry ['mærɪ] 結婚

reason ['rizṇ] 理由

Lesson
26 喜怒哀樂 -- 悲傷

MP3-27

- Why are you so sad?
  （你為什麼這麼憂傷？）

- I'm pretty depressed right now.
  （我現在很沮喪。）

- He's been distressing over that girl.
  （他最近因為那個女孩而鬱鬱寡歡。）

- What are you so gloomy about?
  （你為什麼看起來這麼不開心？）

- I feel miserable.
  （我覺得糟透了。）

對話一 Dialog 1

A How are you doing?
（你好嗎？）

B I've been better.
（過去一段日子還好。）
I'm pretty distressed right now.
（現在覺得糟透了。）

Ⓐ Ah, what about?

（怎麼了呢？）

Ⓑ I just lost my job.

（我剛剛丟了工作。）

對話二 Dialog 2

Ⓐ He seems to be pretty depressed lately.

（他最近似乎很沮喪。）

Ⓑ Yeah, he's been mourning the loss of his wife.

（是啊，他都在為失去妻子而傷心。）

Ⓐ His wife died?

（他妻子去世了嗎？）

Ⓑ No. She left him for the plumber.

（不是，她拋棄他，跟水電工走了。）

That's enough to break anyone's heart.

（那足以讓任何一個人傷心。）

單字

sad [sæd] 悲傷的

depressed [dɪ'prɛst] a. 沮喪的；悲傷的

distressing [dɪs'trɛsɪŋ] 令人痛苦的

gloomy ['glumɪ] 鬱鬱寡歡

miserable ['mɪzərəbl] 糟透的

mourn [mɔrn] 感到悲痛

plumber ['plʌmɚ] 水電工

Lesson

27 喜怒哀樂 -- 驚訝實用例句

實用例句 Useful Sentences

MP3-28

- I'm shocked.
  （我很吃驚。）

- Well, this is quite a surprise.
  （這還真是個驚喜。）

- I wasn't exactly expecting that to happen.
  （我並沒有想到那件事會發生。）

- What a pleasant surprise.
  （這真是個令人高興的驚喜。）

- I'm in shock.
  （我很震驚。）

對話一 Dialog 1

A Well, this is quite a surprise.
  （這真是令人吃驚。）

B You can't exactly say he didn't deserve it, can you?

（你不能説這不是他應得的吧？）

A True, but still, I wasn't exactly expecting her to leave him.

（話是這樣説沒錯，但我也沒有想到她會真的離開他。）

Especially for a plumber!

（尤其是為了一個水電工。）

B I guess it is a bit of a shock.

（我想這是有些令人震驚！）

對話二 Dialog 2

A I brought you something.

（我帶了一樣東西來給你。）

It's outside.

（放在外面。）

B Oh, I love surprises.

（哇，我喜歡驚喜。）

What is it?

（是什麼東西？）

A I can't tell you.

（我不告訴你。）

Like you said, it's a surprise.

（就像你説的，這是個驚喜。）

B A car! Oh, and what a pleasant surprise it is!

（是一部車！這真是個很棒的驚喜。）

shocked [ʃɑkt] 震驚的

surprise [sɚ'praɪz] 驚奇；驚喜

exactly [ɪg'zæktlɪ] 確切的；（加強語氣）正好

expect [ɪk'spɛkt] 預期；期待

deserve [dɪ'zɝv] v. 應得的；得之無愧的

shock [ʃɑk] 震驚

guess [gɛs] 猜想

pleasant ['plɛznt] 愉快的

Lesson

28 喜怒哀樂 -- 懊悔

實用例句

MP3-29

- I regret to inform you that...
  （很抱歉我必須通知您…）

- I hate to tell you this, but...
  （我真的不願意告訴你這個，但是…）

- Do you have any regrets?
  （你有任何遺憾嗎？）

- Don't do anything you'd regret doing.
  （別做任何你會後悔的事。）

- I wish I hadn't done that.
  （我真希望我沒做那件事。）

對話一 Dialog 1

A I hate to tell you this, but... remember Tony?
（我真的不想告訴你，但你記得東尼吧？）

He just passed away.
（他剛剛去世了。）

B Oh, God. That comes as quite a shock.

（天啊，這消息真是令人震驚。）

A Doesn't it?

（這可不是嘛。）

He was so healthy.

（他很健康的啊。）

B When's the funeral?

（葬禮是什麼時候？）

對話二 Dialog 2

A Why won't you bungee jump with us?

（你為什麼不和我們一起去玩高空彈跳呢？）

B Well, my mother told me I should never do anything I might regret.

（我媽告訴我不該做那些自己會後悔的事。）

And I'll probably regret this.

（而這件事我恐怕會後悔。）

A No, you won't.

（不，你不會後悔的。）

It either goes well, or it doesn't.

（這遊戲要嘛很順利，要嘛就不太順利。）

And if it doesn't go well, you can't exactly regret doing it.

（就算不順利，你也不會後悔。）

B My point exactly!

（這就是我想和你說的。）

單字

regret [rɪˈgrɛt] 懊悔

inform [ɪnˈfɔrm] 通知；告知

hate [het] 恨；不喜歡

remember [rɪˈmɛmbɚ] 記得

healthy [ˈhɛlθɪ] 健康的

probably [ˈprɑbəblɪ] 或許；可能的

point [pɔɪnt] n. 重點

Lesson

29　喜怒哀樂 -- 關懷

實用例句 Useful Sentences

MP3-30

- You seem concerned.
  （你似乎在掛念什麼事。）

- What are you so worried about?
  （你倒底在擔心些什麼？）

- Worrying never added a day to anyone's life.
  （擔心從來不會讓人多活一天。）

- I'm worried about him.
  （我很擔心他。）

- What's there not to be worried about?
  （哪有不用擔心的？）

對話一 Dialog 1

A What are you so worried about?
　（你在擔心些什麼？）

B I'm not worried.
　（我不是擔心。）

　I'm just concerned.
　（我只是有些掛念。）

Ⓐ Well, what are you so *concerned* about?

（那你在掛念什麼呢？）

Ⓑ It's about John.

（是有關於約翰的事。）

He just seems so depressed lately.

（他最近似乎很沮喪。）

對話二 Dialog 2

Ⓐ I'm worried about him.

（我很擔心他。）

Ⓑ Why?

（為什麼？）

Ⓐ What about him is there not to worry about?

（你看他那個樣子，能不令人擔心嗎？）

He just doesn't seem to be himself lately.

（他最近似乎變了一個人似的。）

Ⓐ I don't think he's doing quite so bad.

（我不覺得他的狀況有那麼糟。）

單字

concerned [kən'sɝnd] 掛念的

worried ['wɝɪd] 憂心；擔心

add [æd] 加

life [laɪf] 人生

depressed [dɪ'prɛst] a. 沮喪的；悲傷的

lately ['letlɪ] 近來；最近的

Lesson

30　計畫未來 -- 度假

MP3-31

* Let's go on a vacation.
  （我們去渡個假吧！）

* Where are you guys going for the break?
  （你們要去哪裡休假？）

* How long is the break?
  （休假時間有多久？）

* What is your travel destination?
  （你旅行的目的地是哪裡？）

* I need a vacation.
  （我需要休假。）

對話一 Dialog 1

A I've been working too hard lately.
（我最近工作過度了。）

I need a vacation.
（需要休假。）

B Where do you want to go?

（你想去哪裡呢？）

A Anywhere but here.

（只要離開這裡，哪裡都好。）

B That leaves it open.

（那你有許多選擇。）

對話二 Dialog 2

A Where are you guys going for the break?

（你們要去哪裡休假？）

B We're going to the Grand Canyon.

（我們要去大峽谷。）

A How long will you be gone?

（要去幾天呢？）

B For the week.

（去一個禮拜。）

單字

vacation [vəˈkeʃən] n. 休假；假期

break [brek] n. 短暫的休息

destination [ˌdɛstəˈneʃən] 目的地

hard [hɑrd] 努力的

guy [gaɪ] （口語）男士

Lesson

31 計畫未來 -- 上大學

- Have you chosen a college yet?
  （你選好大學了嗎？）

- Which college do you attend?
  （你上的是哪一所大學？）

- What will you major in?
  （你想主修什麼？）

- Where will you live?
  （你會住在哪裡呢？）

- Do you know what you want to study?
  （你知道自己想要讀什麼嗎？）

對話一 Dialog 1

A So you're going to college, huh?
  （你要去上大學？）

What will you major in?
  （主攻什麼？）

B What do you mean?

（你這話什麼意思？）

A I mean, what will you be studying?

（我是說你的主修是什麼？）

B Oh. I think I'll study biology.

（我想我會修生物學。）

That seems fun.

（這科目似乎蠻好玩的。）

對話二 Dialog 2

A Where will you live?

（你會住在哪裡呢？）

On campus or off?

（會不會住宿舍？）

B I think I'll live on campus.

（我想我會住宿舍。）

A It gets pretty noisy in the dorms.

（宿舍有時候會很吵。）

B Yeah, I know, but I can always study in the library if I need to.

（我知道，但如果有需要我可以到圖書館唸書。）

單字

college ['kɑlɪdʒ] n. 大學

attend [ə'tɛnd] v. 參加

major ['medʒɚ] 主修

mean [min] 意思是

biology [baɪ'ɑlədʒɪ] n. 生物學

campus ['kæmpəs] 校園

dorm [dɔrm] 宿舍

library ['laɪˌbrɛrɪ] n. 圖書館

Lesson

32 計畫未來 -- 新工作

實用例句 Useful Sentences

MP3-33

- I got a new job.
  （我找到新工作了。）

- Where will you be working?
  （你會在哪裡工作呢？）

- What will you be doing?
  （你會做什麼工作呢？）

- How far will the commute be?
  （你通勤的距離有多遠？）

- Do you like the job so far?
  （到目前為止你喜歡這工作嗎？）

- How did you get the job?
  （你是如何得到這份工作的？）

對話一 Dialog 1

Ⓐ I got a new job.

（我找到新工作了。）

B Oh, yeah?

（是嗎？）

Where are you working?

（你在哪裡工作？）

A I'm working for some company downtown.

（我在市中心一家公司工作。）

B That's a pretty far commute, huh?

（通勤蠻遠的吧？）

A It's not too bad.

（沒那麼糟糕。）

It's thirty minutes by train.

（搭火車要 30 分鐘。）

對話二 Dialog 2

A How's the job so far?

（工作一切還好嗎？）

B It's going pretty well.

（還不錯。）

A So what are you doing?

（那你都做些什麼事呢？）

B Pretty easy stuff. It's basically just data entry.

（很簡單的一些事，鍵入資料而已。）

單字

job [dʒɑb] 工作；職位；職務

commute [kə'mjut] 通車

company ['kʌmpənɪ] n. 公司

downtown ['daʊn'taʊn] 市區；市中心

stuff [stʌf] n. 事情

basically ['bæsɪklɪ] 基本上

entry ['ɛntrɪ] 輸入

Lesson

33 計畫未來 -- 買新房子

- I need a realtor.
  （我需要一個房屋仲介商。）

- How much is the mortgage?
  （房貸是多少？）

- It's in a good area.
  （這是個不錯的地區。）

- I've got a good deal on financing the house.
  （我找到不錯的購屋貸款專案。）

- How many repairs did the inspector say the house needed?
  （檢查人員説這個房子需要哪些修理項目？）

對話一 Dialog 1

A My realtor found me a house in New York.
  （我的房地產商幫我在紐約找了一個房子，）

B Oh, yeah?

（是嗎？）

Did you guys send an inspector out to look at it yet?

（你們有沒有派個房屋檢修員去看看？）

🅐 Yeah. He said that the roof needs replacing and the pipes need some repairs.

（有的，他說屋頂需要替換，水管需要修理。）

🅑 That doesn't sound too bad.

（聽起來好像不是很糟。）

Hopefully the old owners will take care of it.

（希望舊屋主會把一切處理好。）

對話二 Dialog 2

🅐 I've got a good deal on financing for that house I'm going to buy.

（我要買的新房子有不錯的購屋貸款專案。）

🅑 You're going to buy a house?

（你要買房子嗎？）

Do you know if it's in a good area?

（房子所在地區好不好啊？）

🅐 It's got a pretty low crime rate, if that's what you mean.

（如果你擔心的是犯罪率，犯罪率很低。）

🅑 Well, that's good.

（那很好啊。）

And it's good that you got that financing deal.
（你很幸運地有不錯的購屋貸款專案。）

realtor [ˈriəltɚ] 房屋仲介商

mortgage [ˈmɔrgɪdʒ] 抵押貸款

finance [fəˈnæns] 貸款

area [ˈɛrɪə] 地區

repair [rɪˈpɛr] 修理

inspector [ɪnˈspɛktɚ] 檢查員

pipe [paɪp] 水管

roof [ruf] 屋頂

replace [rɪˈples] 更換

owner [ˈonɚ] 主人

crime [kraɪm] n. 犯罪

rate [ret] （利、速）率

deal [dil] 交易

Lesson

34 計畫未來 -- 買新車

實用例句 Useful Sentences

MP3-35

- What are the lease terms on the car?
  （這部車子的租賃條件是什麼？）

- My monthly finance rate is pretty low.
  （我每月的貸款利率蠻低的。）

- It's a good time to buy a car because the interest rates are very low right now.
  （現在很適合買車，因為利率很低。）

- How many miles to the gallon does this car get?
  （這部車一加侖汽油可以跑多遠？）

- I was thinking of getting a four-door sedan.
  （我在考慮買一部四門房車。）

對話一 Dialog 1

A I was thinking of getting a four-door sedan.
（我在考慮買一部四門房車。）

B How about this one?

（這一部如何？）

A Looks nice.

（看起來不錯。）

How many miles to the gallon does it get?
（一加侖的油可以跑多遠？）

B It gets about 28 miles to the gallon in the city and 36 on the highway.

（一加侖的油在市區中可以跑 28 英里、高速公路 36 英里。）

對話二 Dialog 2

A I really need a new car, but they're so expensive.

（我真的需要一部新車，但車子都好貴。）

B Right now, though, is a good time to buy a car.

（但是現在是買車的好時機。）

The interest rates are real low.
（利率很低。）

A No kidding?

（真的嗎？）

B You could probably finance the car at a 4% rate.

（你可能可以用 4% 的利率購車。）

At least, that's what I saw on TV.
（至少，我看到電視上這樣說。）

單字

lease [lis] 出租

term [tɝm] n. 條件

interest [ˈɪntrɪst] 利息

mile [maɪl] n. 哩

gallon [ˈɡælən] （記量單位）加侖

sedan [sɪˈdæn] 轎車

highway [ˈhaɪwe] 公路；高速公路

expensive [ɪkˈspɛnsɪv] 昂貴的

Lesson

35 聊天 -- 氣候

- It's a nice day out.
  （今天天氣很好，適合出去走走。）

- So, how about this weather?
  （你覺得這樣的天氣如何？）

- The weather's been pretty nice lately, hasn't it?
  （最近的天氣都很不錯，對吧？）

- We really need some rain.
  （我們真的需要一些雨水。）

- It sure is hot outside.
  （今天外頭真的很熱。）

對話一 Dialog 1

A So, how about this weather?
（這天氣如何？）

B It's pretty weird.
（這天氣蠻怪的。）

Ⓐ Yeah, summer weather in the middle of winter!

（對啊，在冬天居然出現夏天的天氣。）

Ⓑ Nevertheless, I'm enjoying it.

（但我還是很喜歡這個天氣。）

對話二 Dialog 2

Ⓐ Whew, it sure is hot outside.

（外面真的很熱。）

Ⓑ No kidding! We could sure use some rain.

（就是說嘛，我們需要一些雨。）

Ⓐ I love the rain.

（我喜歡下雨天。）

Ⓑ Me, too.

（我也是。）

單字

weather ['wɛðɚ] 天氣

rain [ren] 雨

outside ['aʊt'saɪd] 外面

weird [wɪrd] 奇怪的

middle ['mɪdl̩] 當中

nevertheless [nɛvɚðə'lɛs] 然而

Lesson

36

聊天 -- 家人

MP3-37

- How's the family been?
  （你家人可好？）

- Say "hi" to your parents for me.
  （幫我向你爸媽問安。）

- What's your brother been doing?
  （你哥哥最近都在做些什麼？）

- Is your sister still doing well?
  （你姐姐還好嗎？）

- I heard your sister is pregnant.
  （我聽說你姐姐懷孕了。）

對話一 Dialog 1

A How's the family been?
　（你家人可好？）

B Not too bad.
　（還好。）

My brother just got a new job.
（我哥剛找到新工作。）

🅐 Oh really, what's he doing?

（真的嗎？他的工作是什麼呢？）

🅑 He's got this writing job for some publishing company.

（他在一家出版社找到寫作的工作。）

對話二 Dialog 2

🅐 I heard your sister is pregnant.

（我聽說你姐懷孕了。）

🅑 Yeah, she is.

（是的。）

She and her husband are pretty happy about it.
（她和老公都很高興。）

🅐 When's the baby due?

（小孩什麼時候出生？）

🅑 In November.

（11 月。）

單字

family ['fæmlɪ] 家人

parent ['pɛrənt] 雙親之一

pregnant ['prɛgnənt] 懷孕

publishing ['pʌblɪʃɪŋ] 出版

company ['kʌmpənɪ] n. 公司

due [dju] 預產期

Lesson

37 聊天 -- 學校

MP3-38

- How's school been going?
  （學校還好嗎？）

- How did you do on that last test?
  （上次考試考得如何？）

- That Mr. Evans is a real jerk, isn't he?
  （伊文斯先生真是個混帳，對吧？）

- How much longer until you graduate?
  （你還有多久才畢業？）

- What grade are you in right now?
  （你現在幾年級了？）

對話一 Dialog 1

A How's school been going?
（學校最近如何？）

B Not too bad.
（還算好。）

A Have you gotten any grades back yet?

（你有拿到哪一科的成績嗎？）

B Yeah, I got my biology test back.

（有，我知道生物學的成績了。）

I made an A.

（我拿到了 A。）

對話二 Dialog 2

A That Mr. Evans is a real jerk, isn't he?

（伊文斯先生真是個混帳，對吧？）

B Yeah, no kidding. He gave me a D on my homework.

（對啊，我的家庭作業他給了我一個 D。）

A What for?

（為什麼呢？）

B He didn't write anything down here except the D!

（他在這裡什麼也沒寫，除了個 D。）

單字

test [tɛst] 測驗；考試

jerk [dʒɝk] 混蛋

graduate [ˈgrædʒʊˌet] 畢業

grade [gred] 成績；年級

homework [ˈhomˈwɝk] 家庭作業

except [ɪkˈsɛpt] 除了……之外

Lesson

38　聊天 -- 上班

實用例句 Useful Sentences

- Where are you working?
  （你在哪裡工作？）

- What do you do?
  （你是做哪行的？）

- It pays the bills.
  （工作尚能養家糊口。）

- All work and no play make Jack a dull boy.
  （光知道工作、不知玩樂，這樣的人會很無趣的。）

- How far is the commute?
  （通勤的距離有多遠？）

對話一 Dialog 1

A Where are you working these days?
（你最近在哪裡工作？）

B Over at this insurance agency.
（在保險公司工作。）

A What do you do there?

（你都做些什麼呢？）

B Oh, I'm just an office supervisor.

（我只是個辦公室主管。）

I make sure everyone's doing their work.

（我的工作是確定大家都有做自己的工作。）

對話二 Dialog 2

A So, how's your job going?

（你工作還好嗎？）

B Well, you know, it pays the bills.

（尚能養家糊口。）

I've been working a lot lately, too.

（我最近加很多班。）

A How's it going?

（還好嗎？）

All work and no play make Jack a dull boy!

（光知道工作、不知玩樂，這樣的人會很無趣的。）

B No kidding!

（可不是嘛！）

It's making me a dull boy, too.

（我也漸漸變得無趣了。）

pay [pe] 付錢

bill [bɪl] n. 帳單

dull [dʌl] 無趣的

insurance [ɪnˈʃʊrəns] 保險

agency [ˈedʒənsɪ] n. 代理商

supervisor [supɚˈvaɪzɚ] 主管

Lesson

39 聊天 -- 新聞

實用例句 Useful Sentences

MP3-40

- So, what do you think of the war?
  （你對這場戰爭有何看法？）

- Did you hear about the investigation?
  （你聽說這次的調查了嗎？）

- Who do you think will win the elections?
  （你認為誰會贏得選舉？）

- What's going on?
  （發生了什麼事？）

- Did you see the news last night?
  （你有看昨晚的新聞嗎？）

對話一 Dialog 1

A Did you see the news last night?
（你有看昨晚的新聞嗎？）

B No, I didn't. I missed it.
（沒有，我錯過了新聞。）

What happened?

（發生了什麼事嗎？）

A Oh, they were just talking about the investigation.

（他們只是在討論有關調查的事。）

He's guilty after all.

（他到頭來還是有罪的。）

B No kidding?

（真的嗎？）

I wish I could have seen the announcement.

（我真希望有看到這個消息。）

對話二 Dialog 2

A Who do you think will win the elections?

（你認為誰會贏得選舉？）

B I think Kerry might have a chance.

（我想凱利可能有機會贏。）

A Are you kidding?

（開什麼玩笑？）

Kerry can't beat Bush!

（凱利才不會打敗布希。）

B Hey, I think you underestimate him.

（我想你低估了他。）

單字

war [wɔr] n. 戰爭

investigation [ɪn͵vɛstə'geʃən] 調查

election [ɪ'lɛkʃən] 選舉

miss [mɪs] v. ；錯過

guilty ['gɪltɪ] 有罪的

announcement [ə'naʊnsmənt] 宣佈

chance [tʃæns] n. 機會

beat [bit] v. 擊敗

underestimate [͵ʌndə'ɛstɪmet] 低估

Lesson

40 聊天 -- 朋友實用例句

實用例句 Useful Sentences

MP3-41

- Did you hear that Adam has a new girlfriend?
  （你聽說亞當交了新的女朋友嗎？）

- Have you heard from Adam lately?
  （你最近有沒有聽到亞當的消息？）

- Has Adam come back from his trip?
  （亞當去旅行回來了嗎？）

- Did you hear about Adam?
  （你聽說亞當的事了嗎？）

- How's Adam been doing?
  （亞當最近如何？）

對話一 Dialog 1

🅰 Did you hear about Adam?
（你聽說亞當的事了嗎？）

🅱 No, I didn't. What happened?
（還沒，怎麼了？）

A Oh, he just got a new girlfriend.

（他剛交了個女朋友。）

He's been telling everyone about her.

（他到處告訴大家她的事。）

B I'm surprised he hasn't told me yet.

（我很驚訝他還沒告訴我。）

對話二 Dialog 2

A Has Adam come back from his trip?

（亞當旅行回來了嗎？）

B Not yet.

（還沒。）

A Have you heard from him?

（你聽到他的消息了嗎？）

B Yeah.　He says he's having a lot of fun over in Vegas.

（有啊，他說他在拉斯維加斯玩得很盡興。）

單字

trip [trɪp] 旅程；旅遊

happen ['hæpən] 發生

surprise [sɚ'praɪz] 驚奇；驚喜

Lesson

41 交通 -- 開車

實用例句 Useful Sentences

- He cut me off!
  （他超我車！）

- This is the longest red light ever!
  （這個紅燈好像永遠都不會變燈號。）

- This traffic is insane.
  （這交通狀況實在太糟糕了。）

- How well does she drive?
  （她開車技術多好？）

- My alignment seems off.
  （我車輪的平衡好像不太正。）

對話一 Dialog 1

A Did you see that?
  （你看到了嗎？）

B What? How that guy cut you off?
  （看到什麼, . 那個人怎麼樣超你的車子？）

A That stupid driver!
  （那個愚蠢的司機。）

He just pulled in right in front of me.

（那就突然開到我的前面。）

B It happens.

（這事常有。）

對話二 Dialog 2

A This traffic is insane. I can't move anywhere.

（交通真是糟透了，我完全動彈不得。）

It's bumper-to-bumper.

（一輛跟著另一輛，跟的緊緊的。）

B Ah, just relax.

（放輕鬆。）

Listen to the radio.

（聽聽收音機好了。）

A But I'm running late for a meeting!

（但我有一個會議，我快要遲到了呀。）

B Well, good luck then!

（那你只好靠運氣了。）

單字

traffic ['træfɪk] 交通

insane [ɪn'sen] 瘋狂的

alignment [ə'laɪnmənt] 車輪的平衡

stupid ['stjupɪd] 愚；蠢

front [frʌnt] 前面

luck [lʌk] 運氣

Lesson

42　交通 -- 計程車

實用例句 Useful Sentences

- What's the meter read?
  （跳錶數字是多少？）

- What's the rate?
  （車程費率怎麼計算？）

- Central Station, please.
  （麻煩請到中央車站。）

- Could you call for a cab for me?
  （你可以幫我叫部計程車嗎？）

- Where's your license? It's not posted.
  （你的執照在哪裡？你沒貼出來。）

對話一 Dialog 1

A Oh, man. I'm so drunk.
（天啊，我喝的好醉。）

B You'd better not drive home.
（你最好不要開車回去。）

It's not safe to drink and drive.

（喝酒開車不安全。）

A Could you call for a cab for me?

（你可以幫我打電話叫計程車嗎？）

B Yeah, let me give them a ring.

（好的，讓我打個電話給他們。）

Someone will be here in a few minutes to pick you up.

（再過幾分鐘，就會有人來接你。）

對話二 Dialog 2

A What's the rate?

（你怎麼收費？）

B Two dollars a mile.

（一英里兩塊錢。）

A All right then.

（好的。）

Central Station, please.

（請載我到中央車站。）

B Right away.

（走吧。）

單字

meter ['mitɚ] 碼錶

rate [ret] 價格;價碼

post [post]v. 張貼

license [ˈlaɪsəns] n. 執照

drunk [drʌŋk] a. 酒醉的

cab [kæb] 計程車

ring [rɪŋ] 打電話

Lesson

43 交通 -- 地下鐵

實用例句 Useful Sentences

MP3-44

- How do I get to the subway station?
  （我要怎麼去地下鐵車站？）

- When does the train for Parker Road leave?
  （去帕克路的火車什麼時候出發？）

- Where's the subway map?
  （地鐵的地圖在哪裡？）

- What line do I take to get to Sears Tower?
  （要去席爾斯大樓要搭哪一條線？）

- I have to connect to three lines to get to work.
  （我上班要轉乘三條線的車子。）

對話一 Dialog 1

A Excuse me, what line do I take to get to Sears Tower?
（抱歉，請問我要搭哪條線的車才能到席爾斯大樓？）

B First, you have to take the Red Line to the

Blue Line.

（首先，你要搭紅線，到藍線去。）

And then at Warren Station, jump on to the El Train.

（然後在華倫站，轉搭 E1 火車。）

And it will take you right over there.

（那班車可以直達。）

A I have to connect to three lines to get there?

（我要搭三條線的車子才能到那邊嗎？）

B Well, you could take a cab, but that'll cost you more.

（你可以搭計程車，但花費比較高。）

對話二 Dialog 2

A When does the train for Parker Road leave?

（去帕克路的火車什麼時候開車？）

B I don't know.

（我不知道。）

Why don't you check the schedule?

（你為什麼不查查時刻表呢？）

A Well, where is it?

（時刻表在哪裡呢？）

B It's right over there, underneath the map.

（在那裡，在地圖下面。）

單字

subway ['sʌbˌwe] 地下鐵

station ['steʃən] 車站；站台

map [mæp] 地圖

connect [kə'nɛkt] v. 連接；連結

schedule ['skɛdʒʊl] 時間表；行程

check [tʃɛk] v. 查閱；查一查

underneath [ˌʌndɚ'niθ] 在…下面

Lesson

44 交通 -- 公車

實用例句 Useful Sentences

- How do I get to Parker Station from here?
  （從這裡，我要怎麼去帕克車站？）

- What's the next stop?
  （下一站是哪裡？）

- Where's the nearest transit center?
  （最近的轉站中心在哪裡？）

- How do I get downtown from here?
  （從這裡要怎麼去市中心？）

- Which bus is this?
  （這公車幾號？）

對話一 Dialog 1

A Where's the nearest transit center?
  （最近的轉站中心在哪裡？）

B It's over there on Coit and 15th.
  （在克伊特街和 15 街的交接處。）

A Can I take the bus from here?

（我可以從這裡搭公車去嗎？）

B Yeah, there's a stop right over there on the corner.

（轉角處剛好有一個站牌。）

The bus will take you straight there.

（那班車可以直達。）

對話二 Dialog 2

A What's the next stop?

（下一站是哪裡呢？）

B Garland Road.

（格蘭路。）

A Can I get to Parker Station on this bus?

（我可以搭這公車去帕克車站嗎？）

Am I on the right bus?

（我有沒有搭錯車子？）

B You're on route 621; you need 611.

（你現在搭的是 621，你需要搭的是 611。）

That's in two more stops.

（還要再兩站。）

單字

stop [stɑp] 停車站

transit ['trænzɪt] 轉站

center ['sɛntɚ] 中心

nearest ['nɪrɪst] 最靠近的（near 的最高級）

corner ['kɔrnɚ] n. 角落

straight [stret] 直接的

route [raʊt] 路線

Lesson

45　交通 -- 搭飛機

實用例句 Useful Sentences

MP3-46

- My flight is at Gate 12.
  （我的班次在 12 號登機門。）

- I need to know when the plane leaves.
  （我需要知道起飛時間。）

- Drop me off at Terminal C, please.
  （請讓我在 3 號航空站下車。）

- You need to get there at least an hour before check-in time.
  （你需要至少在辦理登機手續前一個小時到那裡。）

- What's your flight number?
  （你的班次幾號？）

對話一 Dialog 1

A I need to know when the plane leaves.
　　（我需要知道起飛時間。）

B They're on the monitor right over there.

（你可以在那邊的螢幕上看到起飛時間。）

A Okay, well, my flight number is Delta 6229.

（我的班機是 Delta 6229。）

Do you see it?

（你看到了嗎？）

B Yeah, there it is.

（是的，我看到了。）

It's on time and it departs in thirty minutes.

（一切準點，再 30 分鐘就要起飛。）

對話二 Dialog 2

A Where should I drop you off?

（我應該載你到哪裡呢？）

B Let's see, my flight is at Gate 12, Terminal C.

（我們看看吧，我的班機在 C 航站 12 號登機門。）

There it is, over there!

（到了，就在那裡。）

A Did we make it with enough time for security
and check-in?

（我們有足夠的安全檢查時間和報到時間嗎？）

B Hopefully.

（希望有。）

Depends on how long the line is for security.
（要看安檢的隊伍有多長。）

單字

flight [flaɪt] 飛行；班機

plane [plen] n. 飛機

monitor ['manɪtɚ] 螢幕

depart [dɪ'part] 離開

security [sɪ'kjʊrətɪ] 安全；保安

depend [dɪ'pɛnd] v. 視～而定

Lesson

46 交通 -- 舟船

實用例句 Useful Sentences

- How many people does your houseboat sleep?
  （你家的船可以睡幾個人？）

- We're not far from the dock.
  （我們離碼頭不遠了。）

- Drop the anchor here, and let's swim awhile.
  （把錨下在這裡吧，可以在這附近游一下泳。）

- We need to find a wharf and get some more bait.
  （我們需要找到一個碼頭，買一些魚餌。）

- Don't stand up in the canoe! You'll tip it over.
  （在獨木舟上別站起來，會翻船的。）

對話一 Dialog 1

Ⓐ This is some pretty good fishing.
（這次的釣魚之旅很不錯。）

How are we doing on bait?
（我們有足夠的魚餌嗎？）

Ⓑ We're almost out.
（快用完了。）

A Well, then, let's pull up the anchor and head over to the wharf.
（這樣的話，把錨拉起來，開回碼頭去吧。）

B Agreed. Let's go.
（好的，走吧。）

對話二 Dialog 2

A We're not far from the dock.
（我們離碼頭不是很遠。）

It's just right around that corner.
（轉個彎就到了。）

B Are you sure?
（你確定嗎？）

I can't see it.
（我怎麼看不到。）

A Don't stand up in the canoe! You'll tip it over.
（在獨木舟上別站起來，會翻船的。）

B Whoops! Sorry. I was just trying to see the dock.
（唉呀！對不起，我只是想看碼頭在哪裡。）

單字

dock [dɑk] 碼頭

bait [bet] 魚餌

wharf [hwɔrf] 碼頭

canoe [kəˈnu] 獨木舟

tip [tɪp] 翻覆

Lesson

47　娛樂 -- 音樂

實用例句 Useful Sentences

- What kind of music do you like?
  （你喜歡什麼類型的音樂？）

- When's the show?
  （表演什麼時候開始？）

- There's a concert at the club tonight.
  （今晚俱樂部裡有一場演奏會。）

- Who's in charge of the music tonight?
  （誰負責今晚的音樂？）

- Outkast has a stop here on their tour.
  （Outkast 這個樂團的巡迴演出會在這裡表演。）

對話一 Dialog 1

A Outkast has a stop here on their tour.
（Outkast 這個樂團的巡迴演出會在這裡表演。）

B No kidding?
（真的嗎？）

When's the show?

（他們的表演是什麼時候？）

Which club will they be at?

（會在哪一個俱樂部表演？）

A The show is Thursday, but you can get your tickets now.

（表演是星期四，但現在就可以開始購票了。）

They're playing down at the Osiris.

（他們會在 Osiris 演出。）

B I'm going to go get my tickets then.

（我要去購票了。）

You going?

（你要一起去嗎？）

對話二 Dialog 2

A Who's in charge of the music at the club tonight?

（誰負責今晚俱樂部的音樂？）

B DJ Flash.

（DJ 是法蘭西。）

A I've heard him before.

（我聽過他。）

He's got a pretty good selection.

（他收集了不錯的音樂。）

B Yeah, it's pretty cool.

（是啊，蠻酷的。）

Let's go.

（一起去吧。）

單字

music ['mjuzɪk] 音樂

kind [kaɪnd] n. 種類

concert ['kɑnsɚt] n. 演奏會；音樂會

selection [sə'lɛkʃən] 收藏

Lesson

48 娛樂 -- 看電影

實用例句 Useful Sentences

MP3-49

- The movie's showing at the Cinemark theatre.
  （這部電影正在新格電影院上映。）

- When is the movie coming out?
  （這部電影什麼時候會開始上映？）

- That movie's been on its first run forever!
  （這部電影的第一輪好像永遠都不會結束。）

- What are the show times?
  （電影場次有哪幾場？）

- When's the movie due back?
  （什麼時候要還這個電影錄影帶？）

對話一 Dialog 1

A Have you seen The Lord of the Rings yet?
（你看過「魔戒」了嗎？）

B No, not yet.
（還沒。）

A Well, you ought to hurry up and watch it while it's on the big screen!

（你要快一點，趁它還在大螢幕播映的時候去看。）

B No rush.

（不用急啊。）

The movie's been on its first run forever now.

（這部電影的第一輪好像永遠都不會結束。）

I've got time.

（時間還多的是。）

對話二 Dialog 2

A Which movie did you rent?

（你租了哪部電影？）

B I decided on Cold Mountain.

（我租了「冷山」。）

A Oh, I'd like to watch that one.

（我也想看那部。）

When's it due back?

（你什麼時候要還？）

B Tomorrow by noon.

（明天中午十二點。）

單字

theater [ˈθɪətɚ] 戲院

forever [fɚˈɛvɚ] 永久的

due [dju] 到期；期限截止

screen [skrin] 銀幕

Lesson

49 娛樂 -- 看電視

實用例句 Useful Sentences

MP3-50

- What's on TV tonight?
  （今晚電視上演些什麼？）

- Where's the TV guide?
  （電視節目單在哪裡？）

- I'm just channel surfing.
  （我只是隨便按電視選台器而已。）

- Watching TV will melt your brain.
  （看電視會讓你的大腦變笨。）

- What time does your sitcom come on?
  （你要看的情境短劇是幾點？）

對話一 Dialog 1

A What time does your sitcom come on?
（你要看的情境短劇是幾點？）

B Nine o'clock.
（九點鐘。）

A You're always watching those sitcoms!
（你總是看那些情境短劇。）

That stuff will melt your brain, you know.
（那種戲劇會讓人的腦袋變蠢的，你知道嗎？）

B No, I don't know.
（不，哪有這種事。）

And it's good stuff.
（我覺得情境短劇還不錯啊。）

對話二 Dialog 2

A What's on TV?
（電視上在演什麼？）

B I don't know.
（我不知道。）

I'm just channel surfing.
（我只是隨便轉台而已。）

A Where's the TV guide?
（電視節目單呢？）

B Right over there.
（在那裡。）

If you can find something, I'll change it to the station for you.
（如果你看到什麼好看的，我再幫你轉那台。）

單字

guide [gaɪd] 嚮導

surf [sɝf] 　隨便瀏覽

channel ['tʃænl̩] n. （廣播）頻道

melt [mɛlt] v. 融化

brain [bren] n. 腦；頭腦

sitcom ['sɪtkʌm] 情景喜劇

station ['steʃən] 電（視）台

Lesson

50 娛樂 -- 野餐

實用例句 Useful Sentences

- We're going to sleep in a tent.
  （我們將會睡帳篷。）

- This is a nice campsite.
  （這個露營地點不錯。）

- This is a nice place for a picnic.
  （這是個不錯的野餐地點。）

- The pad looks flat enough.
  （這塊地看起來很夠平坦。）

- That was a pretty good hike.
  （剛剛的健行很不錯。）

對話一 Dialog 1

A This looks like a nice campsite.
  （這個露營地點好像很不錯。）

B Yeah. The pad looks flat enough.
  （是啊，這塊地看起來夠平坦。）

Ⓐ Just right to set up the tent on.

（剛好可以架設帳篷。）

Ⓑ And there's plenty of room for a big fire, too.

（還有足夠的地方可以生火。）

對話二 Dialog 2

Ⓐ You're going camping?

（你要去露營？）

Are you sleeping in a cabin or a tent?

（要睡小木屋還是帳篷？）

Ⓑ We're going to sleep in a tent.

（我們會睡帳篷。）

Ⓐ You guys going to do a lot of hiking?

（你們會長距離健行嗎？）

Ⓑ You bet we are.

（那當然啊。）

單字

tent [tɛnt] 帳棚

campsite ['kæmpsaɪt] 露營地點

picnic ['pɪknɪk] 野餐

flat [flæt] 平的；平底鞋

hike [haɪk] 健行

bet [bɛt] v. 打賭

Lesson

51 娛樂 -- 閱讀

MP3-52

- Does the book have a good plot?
  （這本書的情節是否很不錯？）

- Let me mark the page.
  （讓我把這頁標起來。）

- Don't dog-ear the book, please.
  （請不要把書頁摺角。）

- Let me finish this chapter.
  （讓我讀完這個章節。）

- This book is so slow.
  （這本書的故事情節真是拖泥帶水。）

對話一 Dialog 1

A So, how's the book? Is there a good plot?
（那本書如何？劇情好看嗎？）

B Not really. It's pretty slow reading.
（不盡然，故事的情節是拖泥帶水的。）

A I hate slow books.

（我討厭故事情節拖泥帶水的的書。）

B Yeah, they take forever.

（是啊，好像永遠讀不完似的。）

And just when you think it's going to pick up, it doesn't.

（正當你覺得好像有新的情節要開始時，又發現其實不然。）

對話二 Dialog 2

A You ready to go?

（準備好要走了嗎？）

B Yeah, hold on.

（是啊，等一下。）

Let me finish this chapter and mark the page.

（讓我先把這個章節讀完，再做個記號。）

A Where's your bookmark?

（你的書籤呢？）

You don't dog-ear the book, do you?

（你沒有把書頁摺角吧？）

B Yeah, why?

（有啊，為什麼這樣問？）

A Bending the pages ruins the book.

（摺角會損壞書。）

You should use a bookmark.

（你應該要用書籤的。）

plot [plɑt] ；情節

mark [mɑrk] 做記號

chapter [ˈtʃæptɚ] 章

bookmark [ˈbʊkmɑrk] 書籤

ruin [ruɪn] v. 破壞

bend [bɛnd] v. 摺角

Lesson

52 打電話

實用例句 Useful Sentences

MP3-53

- Would you get the phone?
  （你去接電話好嗎？）

- Just use the redial button.
  （直接用重撥功能。）

- Do you charge your calls or call collect?
  （你打的電話要自費，還是對方付費？）

- I'm running low on minutes.
  （我的時間快到了。）

- We've got a bad connection.
  （電話線路接觸不良。）

對話一 Dialog 1

Ａ I need to call home.
（我得打電話回家。）

Ｂ Use that pay phone over there.
（用那邊的公用電話吧。）

Ａ I don't have any money.
（我沒有錢。）

B Just call collect.
（用對方付費的方式就好了。）

對話二 Dialog 2

A What's that?
（你説什麼？）

I can't hear you.
（我聽不到你説的話。）

We've got a bad connection.
（收訊不良。）

B I asked how you were doing.
（我是問你，你還好嗎？）

A I still can't hear you.
（還是聽不到。）

I'll just call you later.
（我還是晚一點再打電話給你好了。）

B Yeah, I'm running low on minutes anyway.
（好吧，我電話時間也快到了。）

Later.
（晚一點再聊了。）

單字

redial [riˈdaɪl] 重撥電話
button [ˈbʌtn̩] n. 按鈕
charge [tʃɑrdʒ] v. 收費
connection [kəˈnɛkʃən] 連結

Part 2

速聽學英語

──好聽力！從聽單字開始

Lesson 1

1	**abide** [əˈbaɪd]	動 持久；居住；等候；忍受

① abide by 遵守

2	**balance** [ˈbæləns]	名 平衡；存款額 動 使平衡
3	**cafeteria** [ˌkæfəˈtɪrɪə]	名 自助餐廳
4	**daily** [ˈdelɪ]	形 每日的
5	**eager** [ˈigɚ]	形 渴望的
6	**fabulous** [ˈfæbjələs]	形 極好的；絕妙的
7	**gallant** [ˈgælənt]	形 英勇的
8	**habit** [ˈhæbɪt]	名 習慣
9	**identical** [aɪˈdɛntɪkl̩]	形 完全相同的
10	**jealous** [ˈdʒɛləs]	形 嫉妒的

1	**keen** [kin]	形 尖銳的；辛辣；激烈的； 熱衷的
2	**labor** ['lebɚ]	名 勞工；努力
3	**magnificent** [mæg'nıfəsṇt]	形 壯麗的；（口語）極好的
4	**navigation** [ˌnævə'geʃən]	名 航行

① 動 navigate 航行；領航

5	**obey** [ə'be]	動 順從；服從
6	**pace** [pes]	名 （行走、跑步等的）步伐 動 以正常步伐行進

① keep pace with～跟上～的進度
② set the pace 定下步調　③ fast pace 快步調

7	**qualify** ['kwɑləˌfaɪ]	動 有資格

① 名 qualifi'cation 資格　② 形 qualified 有資格的

8	**race** [res]	名 動 賽跑；競賽
9	**sacred** ['sekrɪd]	形 神聖的；宗教性的
10	**talent** ['tælənt]	名 才華

Lesson 3

1	**ultimate** ['ʌltəmɪt]	形 最終的
2	**vacation** [və'ket,aɪən]	名 休假；假期
3	**wealth** [wɛlθ]	名 財富

① 形 'wealthy 富有的

4	**yield** [jild]	動 出產；帶來；讓
5	**zone** [zon]	名 規劃區；區域
6	**abbey** ['æbɪ]	名 修道院
7	**ballot** ['bælət]	名 選票；投票用的票籤

① 動 投票

8	**calculate** ['kælkjə,let]	動 計算
9	**damp** [dæmp]	形 濕氣的；受潮的

Lesson 4

1	**economic** [ˌikəˈnɑmɪk]	形	經濟學的；經濟的；經濟學上的
2	**fact** [fækt]	名	事實
3	**gay** [ge]	形	愉快的；快樂的
4	**handful** [ˈhænd͵fʊl]	形	一把
5	**journal** [ˈdʒɝnl̩]	名	日誌；期刊

① 名 'journalism 新聞工作

6	**kick** [kɪk]	動	踢
7	**lame** [lem]	形	跛的；瘸的
8	**magnet** [ˈmægnɪt]	名	磁鐵；吸引人的人或物
9	**natural** [ˈnætʃərəl]	形	自然的

Part 2 速聽學英語　好聽力！從聽單字開始

Lesson 5

1	**obligation** [ˌɑbləˈgeʃən]	名 義務；責任
2	**painful** [ˈpenfəl]	形 疼痛的；痛苦的

① 名 pain 痛苦
② 反 painless 不痛的

3	**quarrel** [ˈkwɔrəl]	名 吵架；爭吵
4	**radical** [ˈrædɪkl̩]	形 激進的
5	**sacrifice** [ˈsækrəˌfaɪs]	名 犧牲
6	**tame** [tem]	動 馴服 形 溫順的
7	**understand** [ˌʌndɚˈstænd]	動 瞭解；明白
8	**valuable** [ˈvæljəbl̩]	形 貴重的
9	**weather** [ˈwɛðɚ]	名 天氣

① 動 受氣候侵蝕

10	**zoom** [zum]	動 （把鏡頭）推近

* muggy指悶熱，這個字，在有關天氣的話題上，常出現。

Lesson 6

1	**abbreviate** [ə'brivɪ,et]	動 縮寫;省略
2	**ban** [bæn]	動 禁止 名 禁令
3	**camouflage** ['kæmə,flɑʒ]	動 偽裝
4	**dangerous** ['dendʒərəs]	形 危險的
5	**economical** [,ikə'nɑmɪkl̩]	形 節約的;省儉的
6	**faculty** ['fækl̩tɪ]	名 全體教師
7	**gaze** [gez]	名 凝視;注視
8	**happen** ['hæpən]	動 發生
9	**ignorant** ['ɪgnərənt]	形 無知的;缺乏應有的知識

① 名 'ignorance 無知
② 動 ig'nore 忽視

10	**jewelry** ['dʒuəlrɪ]	名 珠寶

Lesson 7

1	**kindergarten** ['kɪndɚ͵gɑrtn̩]	名	幼稚園
2	**language** ['læŋgwɪdʒ]	名	語言
3	**machine** [mə'ʃin]	名	機器
4	**neighbor** ['nebɚ]	名	鄰居
5	**occur** [ə'kɝ]	動	發生；想起

① 名 o'ccurrence 發生；事件

6	**pair** [pɛr]	名	一雙
7	**queer** [kwɪr]	形	怪異的
8	**rare** [rɛr]	形	稀少的；罕見的；牛肉煮三分熟
9	**safety** ['seftɪ]	名	平安；安全

① 形 safe 安全的

10	**target** ['tɑrgɪt]	名	目標

1	**uniform** ['junə,fɔrm]	图 制服
2	**vain** [ven]	形 自負的；愛虛榮；無益的

① 图 'vanity 空虛；虛榮心
② in vain 沒有用；徒然的

3	**welfare** ['wɛl,fɛr]	图 社會福利金；福利救濟
4	**abdicate** ['æbdə,ket]	動 退位；正式放棄
5	**beckon** ['bɛkən]	動 召喚；吩咐
6	**campus** ['kæmpəs]	图 校園
7	**declare** [dɪ'klɛr]	動 申報；宣布
8	**emotional** [ɪ'moʃənl̩]	形 感情的
9	**fate** [fet]	图 命運
10	**glance** [glæns]	图 迅速看過；很快的一瞥

Lesson 9

1	**help** [hɛlp]	動 名 幫助
2	**imitate** [ˈɪməˌtet]	動 模仿；做造
3	**journey** [ˈdʒɝnɪ]	名 旅行；旅程 動 旅行

① a three days' journey 三天的旅行

4	**kidnap** [ˈkɪdnæp]	動 綁架；劫持
5	**lawyer** [ˈlɔjɚ]	名 律師
6	**magician** [məˈdʒɪʃən]	名 魔術師
7	**noble** [ˈnobl̩]	形 高尚的；高貴的
8	**ordeal** [ɔrˈdil]	名 痛苦；嚴格的考驗；折磨；煎熬
9	**patent** [ˈpætn̩t]	名 專利
10	**question** [ˈkwɛstʃən]	名 問題

Lesson 10

1	**random** [ˈrændəm]	形 不是有計畫的；隨機的
	① secondary school 中學	
2	**secondary** [ˈsɛkəndˌɛrɪ]	形 第二的；其次的；次要的
3	**testify** [ˈtɛstəˌfaɪ]	動 作證
4	**urgent** [ˈɝdʒənt]	形 緊急的
5	**vehicle** [ˈviɪkḷ]	名 車輛
6	**violent** [ˈvaɪələnt]	形 猛烈的；暴力的
7	**vision** [ˈvɪʒən]	名 眼光；看法
8	**wonderful** [ˈwʌndəfəl]	形 好棒的；絕妙的；精彩的
9	**ability** [əˈbɪlətɪ]	名 能力
10	**belong** [bəˈlɔŋ]	動 屬於

Part 2 速聽學英語　好聽力！從聽單字開始

149

Lesson 11

1	**casualty** [ˈkæʒʊəltɪ]	名 （事故、災難）傷亡的人
2	**deliberate** [dɪˈlɪbərɪt]	形 故意的
3	**equip** [ɪˈkwɪp]	動 裝備

① 名 e'quipment 裝備　② 動詞三態：equip, equipped, equipped　③ be equipped with～ 裝備著～

4	**federal** [ˈfɛdərəl]	形 聯邦的
5	**grateful** [ˈgretfəl]	形 感恩的；感激的
6	**held** [hɛld]	動 舉著（hold的過去分詞）

① 動詞三態： hold, held, held

7	**impatient** [ɪmˈpeʃənt]	形 無耐性的；焦急的；表示不耐煩的
8	**judge** [dʒʌdʒ]	動 判斷；名 法官

① 名 'judgment 判斷　② judge from～ 由～來判斷

9	**kingdom** [ˈkɪŋdəm]	名 王國

① 名 king 國王

10	**lately** [ˈletlɪ]	形 近來；最近的

Lesson 12

1	**maintain** [men'ten]	動 維持；保持

① 名 'maintenance 維護

2	**novelty** ['nɑvḷtɪ]	名 新穎；新奇；新型
3	**organize** ['ɔrgən‚aɪz]	動 組織
4	**panel** ['pænḷ]	名 專門小組；面板；窗格
5	**recall** [rɪ'kɔl]	動 想起；（不良品）召回
6	**season** ['sizṇ]	名 季節；一季
7	**throw** [θro]	動 投擲；舉辦（宴會）
8	**voyage** ['vɔɪɪdʒ‚]	名 航程
9	**withdraw** [wɪð'drɔ]	動 提款；撤退
10	**abolish** [ə'bɑlɪʃ]	動 廢止；廢除

Lesson 13

1	**betray** [bɪˋtre]	動 背叛；出賣
2	**catastrophe** [kəˋtæstrəfɪ]	名 大災難；激變
3	**cautious** [ˋkɔʃəs]	形 十分小心的
4	**develop** [dɪˋvɛləp]	動 研發；發展； 逐漸產生；沖洗相片
5	**enormous** [ɪˋnɔrməs]	形 巨大的；龐大的

① enormous impact 深遠的影響

6	**flock** [flɑk]	名 一大群
7	**graduate** [ˋgrædʒʊˏet]	動 畢業
8	**hostage** [ˋhɑstɪdʒ]	名 人質

① be held in hostage 被扣做人質

9	**impartial** [ɪmˋparʃəl]	形 公正的；無偏見的
10	**knock** [nɑk]	動 敲；敲門

Lesson 13

1	**laugh** [læf]	動 笑
2	**manufacture** [ˌmænjəˈfæktʃɚ]	動 製造；捏造　名 製造
3	**novice** [ˈnɑvɪs]	名 新手
4	**opponent** [əˈponənt]	形 敵對的；名 對手
5	**parallel** [ˈpærəˌlɛl]	形 平行的
6	**reason** [ˈrizn̩]	名 原因；理由
7	**receive** [rɪˈsiv]	動 接受；得到；收到
8	**salvage** [ˈsælvɪdʒ]	名 搶救；打撈；海難救助；廢物再利用
9	**tough** [tʌf]	名 (肉等食物)不嫩的；老得咬不動；(口語)艱難的
10	**worry** [ˈwɝi]	動 擔憂

Lesson 14

1	**abandon** [ə'bændən]	動 放棄；丟棄
2	**bias** ['baɪəs]	動 心存偏見；形 斜的 名 偏見；偏袒；偏心；傾斜
3	**century** ['sɛntʃərɪ]	名 世紀
4	**destroy** [dɪ'strɔɪ]	動 摧毀；滅盡；破壞
5	**emerge** [ɪ'mɝdʒ]	動 浮現；出來
6	**fierce** [fɪrs]	形 激烈的；瘋狂的；猛烈的
7	**gem** [dʒɛm]	名 寶石；珍貴物
8	**hope** [hop]	名 動 希望
9	**immune** [ɪ'mjun]	形 免疫的；不受影響的
10	**justice** ['dʒʌstɪs]	名 公平；正義

＊ 注意：當你聽見話題是關於法官，那try的意思，就很可能是指審案，而不是『嘗試』。

Lesson 15

1	**kindle** ['kɪndl̩]	動 點火;點燃;煽動;鼓舞
2	**legendary** ['lɛdʒəndɛrɪ]	形 傳奇的
3	**massive** ['mæsɪv]	形 巨大的;塊狀的;重的
4	**optional** ['ɑpʃənl̩]	形 隨意的;可選擇的;非強制的
5	**perform** [pɚ'fɔrm]	動 上演;實行
	① 名 per'formance 表現;表演	
6	**react** [rɪ'ækt]	動 反應
7	**scent** [sɛnt]	名 味道
8	**vote** [vot]	動 名 投票
9	**threaten** ['θrɛtn̩]	動 恐嚇;逼迫
10	**temporary** ['tɛmpə,rɛrɪ]	形 暫時的;非永久性的

1	**abroad** [ə'brɔd]	形 國外的
2	**banish** ['bænɪʃ]	動 放逐；驅逐；逐出
3	**capture** ['kæptʃɚ]	動 捕獲；捕捉；截取畫面
4	**exchange** [ɪks'tsendʒ]	動 交換
5	**event** [ɪ'vɛnt]	名 事件；結局

① in any event 不管怎麼樣
② in the event of…… 萬一……的時候
③ a great event 一件大事

6	**form** [fɔrm]	動 形成；組織 名 表格
7	**history** ['hɪstrɪ]	名 歷史
8	**industrious** [ɪn'dʌstrɪəs]	形 勤勉的；努力的；勤奮的
9	**license** ['laɪsn̩s]	名 執照
10	**match** [mætʃ]	動 相配

1	**notice** [ˈnotɪs]	動 注意到；通知
2	**popular** [ˈpɑpjələˈ]	形 受歡迎的
3	**register** [ˈrɛdʒɪstəˈ]	動 註冊
4	**settle** [ˈsɛtl̩]	動 解決；安頓；使定居； 結束（爭議）；使安靜下來
5	**abrupt** [əˈbrʌpt]	形 突然的；意外的
6	**blaze** [blez]	名 火焰
7	**ceremony** [ˈsɛrəˌmonɪ]	名 典禮
8	**desire** [dɪˈzaɪr]	名 願望；渴望
9	**equal** [ˈikwəl]	形 等於
10	**follow** [ˈfɑlo]	動 跟隨；理解；注意（事件的）發展
11	**gratitude** [ˈgrætəˌtud]	名 感恩；感激

Lesson 18

1	**information** [ˌɪnfɚˈmeʃən]	名 資料;資訊;消息
2	**large** [lɑrdʒ]	形 大的
3	**neglect** [nɪˈglɛkt]	動 疏忽;不顧
4	**policy** [ˈpɑləsɪ]	名 政策
5	**rival** [ˈraɪvl̩]	名 競爭對手

① without a rival 無與匹敵　② 名 'rivalry 競爭

6	**absent** [ˈæbsn̩t]	形 缺席的

① 名 'absence 缺席　② be absent from 缺席
③ 反 'present 出席的

7	**content** [ˈkɑntɛnt]	形 滿意的
8	**eccentric** [ɪkˈsɛntrɪk]	形 古怪的;怪異的
9	**foreign** [ˈfɔrɪn]	形 外國的

① 名 'foreigner 外國人　② foreign affairs 外交事務

＊ charge可以當「控告」的意思，charge某人with某項罪名，就是「以某項罪名控告某人」。

Lesson 19

1	**imagine** [ɪˋmædʒɪn]	動	想像
2	**meager** [ˋmigɚ]	形	很少的；不足的；瘦的；貧弱的
3	**pleasure** [ˋplɛʒɚ]	名	榮幸；樂趣
4	**return** [rɪˋtɝn]	名	歸來；歸還；退還；回覆；返回
5	**struggle** [ˋstrʌgl̩]	動 名	掙扎
6	**absolutely** [ˋæbsəˌlutlɪ]	副	絕對的；肯定的
7	**behold** [bɪˋhold]	動	看
8	**circulate** [ˋsɝkjəˌlet]	動	循環；運行；發行
9	**earnest** [ˋɝnɪst]	形	誠摯的；認真的；熱心的
10	**focus** [ˋfokəs]	名	重點

Lesson 20

1	**greedy** ['gridɪ]	形 貪心的
2	**improve** [ɪm'pruv]	動 改進
3	**knot** [nɑt]	動 打結；名 （繩子等的）結

① 動詞三態：knot, knotted, knotted

4	**manage** ['mænɪdʒ]	動 設法做到；管理
5	**passion** ['pæʃən]	名 熱情
6	**religious** [rɪ'lɪdʒəs]	形 虔誠的
7	**severe** [sə'vɪr]	形 嚴格的；猛烈的；嚴重的

① 名 se'verity 嚴格

8	**taste** [test]	名 品味；味道 動 嚐起來
9	**wrong** [rɔŋ]	形 錯誤的
10	**absorb** [əb'sɔrb]	動 吸收

① 名 ab'sorption 吸收　② be absorbed in 專注於

1	**begin** [bɪˈgɪn]	動 開始
2	**choose** [tʃuz]	動 選擇
3	**dispute** [dɪˈspjut]	動 爭論;辯駁;反對;名 爭論
4	**evidence** [ˈɛvədəns]	名 證據;動 作證

① 形 ˈevident 明顯的

5	**favor** [ˈfevɚ]	名 幫忙;恩惠;支持;(口語)像
6	**hemisphere** [ˈhɛməsˌfɪr]	名 (地球的)半球
7	**initiate** [ɪˈnɪʃɪˌet]	動 首倡;初設;開始實施
8	**legal** [ˈligl̩]	形 合法的
9	**mask** [mæsk]	名 面具
10	**occupation** [ˌɑkjəˈpeʃən]	名 職業

* do某人a favor，意思就是「幫某人的忙」。

Lesson 22

1	**position** [pəˈzɪʃən]	名 職位；位置；立場
2	**remarkable** [rɪˈmɑrkəbl̩]	形 卓越的
3	**scale** [skel]	名 （價格、工資等的）等級；尺度
4	**solid** [ˈsɑlɪd]	形 堅固的

① 名 soˈlidity 堅固

5	**transportation** [ˌtrænspɚˈteʃən]	名 運輸工具；交通
6	**vary** [ˈvɛrɪ]	動 使多樣化

① 形 ˈvarious 各種的；不同的

7	**worship** [ˈwɝʃəp]	動 禮拜；崇拜；祭拜
8	**abstract** [æbˈstrækt]	名 摘要 形 抽象的
9	**bewilder** [bɪˈwɪldɚ]	動 不知所措；使糊塗；使迷惑
10	**cheer** [tʃɪr]	動 鼓勵；加油；用歡呼聲激勵

1	**dependent** [dɪˈpɛndənt]	形 依賴的；名 受扶養的人

① be dependent on～ 依賴～　② 反 independent 獨立的

2	**establish** [əˈstæblɪʃ]	動 建立；設立

① 名 esˈtablishment 建立

3	**fragile** [ˈfrædʒəl]	形 易碎的

4	**hospital** [ˈhɑspɪtl̩]	名 醫院

5	**instant** [ˈɪnstənt]	形 急迫的；立即的

6	**lightning** [ˈlaɪtnɪŋ]	名 閃電

7	**maze** [mez]	名 迷宮；錯綜複雜

8	**observe** [əbˈzɝv]	動 觀察

9	**pioneer** [ˌpaɪəˈnɪr]	名 拓荒者；先驅者

10	**pure** [pjʊr]	形 純淨的；純粹的；純潔的

① 名 ˈpurity 潔白　② 動 ˈpurify 潔淨

1	**represent** [ˌrɛprɪˈzɛnt]	動 表示；說明；代表

① 名 represen'tation 表示；表現
② 名 repre'sentative 代理人

2	**security** [sɪˈkjʊrətɪ]	名 保證；安全；安全措施

3	**smart** [smɑrt]	形 聰明的

4	**tendency** [ˈtɛndənsɪ]	名 傾向

5	**utility** [juˈtɪlətɪ]	名 水電、瓦斯；設計為公用的東西

6	**voluntary** [ˈvɑlənˌtɛrɪ]	形 志願的

7	**absurd** [əbˈsɝd]	形 不合理的；荒謬的

8	**board** [bord]	形 寬的；廣泛的

9	**clue** [klu]	名 線索

10	**describe** [dɪˈskraɪb]	動 敘述；描寫

① 名 des'cription 記述；描寫
② 形 des'criptive 記述的；描寫的

＊ on hand是個片語，意思是「就在附近，有需要的話，隨時都有」。

1	**eavesdrop** ['ivz,drɑp]	動 偷聽
2	**fraud** [frɔd]	名 詐欺
3	**honor** ['ɑnɚ]	名 名譽；聲譽 動 授予榮譽；實踐

① 形 'honorable 可尊敬的
② pay honor to～對～致敬

4	**insist** [ɪn'sɪst]	動 堅持
5	**leisure** ['liʒɚ]	名 閒暇
6	**material** [mə'tɪrɪəl]	名 料；布料
7	**parade** [pə'red]	動 名 遊行
8	**quote** [kwot]	動 引述；引用；報價 名 引號
9	**rational** ['ræʃənḷ]	形 理性的
10	**sight** [saɪt]	名 視力；看見；情景

① 名 sights 風景；名勝

Lesson 26

1	**abundant** [ə'bʌndənt]	形 大量的；豐富的
2	**benefit** ['benəfɪt]	名 福利　動 對…有好處
3	**complicate** ['kɑmplə͵ket]	動 使複雜化
4	**doubt** [daʊt]	動 懷疑
5	**earn** [ɝn]	動 賺；取得；贏取
6	**fetch** [fɛtʃ]	動 取來；接住某樣東西
7	**general** ['dʒɛnərəl]	形 一般的；大體的
8	**holy** ['holɪ]	形 神聖的
9	**inherit** [ɪn'hɛrɪt]	動 繼承
10	**junior** ['dʒunjɚ]	名 形 較年幼者

Lesson 27

1	**kind** [kaɪnd]	形 善良的；好心 名 種類
2	**market** [ˈmɑrkɪt]	名 市場
3	**patron** [ˈpetrən]	名 贊助人
4	**rough** [rʌf]	形 （口語）艱難的；粗糙
5	**subscribe** [səbˈskraɪb]	動 訂閱
6	**trouble** [ˈtrʌbl̩]	名 動 麻煩；困難
7	**abuse** [əˈbjuz]	動 濫用；虐待
8	**barefoot** [ˈbɛrˌfʊt]	形 赤腳的
9	**continue** [kənˈtɪnjʊ]	動 繼續
10	**domestic** [dəˈmɛstɪk]	形 本國的；飼養乖了的；家庭的

1	**efficient** [əˈfɪʃənt]	形 效率高的
2	**flare** [flɛr]	動 突然發光
3	**generous** [ˈdʒɛnərəs]	形 慷慨的
4	**humiliate** [hjuˈmɪlɪˌet]	動 侮辱；羞辱
5	**inspect** [ɪnˈspɛkt]	動 檢查
6	**knowledge** [ˈnɑlɪdʒ]	名 知識；理解

① 動 know 知道
② to the best of one's knowledge 據某人所知

7	**laughter** [ˈlæftɚ]	名 笑；笑聲
8	**mature** [məˈtʊr]	動 成熟
9	**occupy** [ˈɑkjəˌpaɪ]	動 占（空間、時間等）
10	**prefer** [prɪˈfɝ]	動 較喜歡

1	**rehearsal** [rɪˈhɝsl̩]	图 排練；排演
2	**routine** [ruˈtin]	图 例行公事；日常工作
3	**sphere** [sfɪr]	图 球體；球形；領域；範圍
4	**temperature** [ˈtɛmpərətʃɚ]	图 體溫
5	**utmost** [ˈʌtˌmost]	形 最……；極端的；最遠的；最大的
6	**academy** [əˈkædəmɪ]	图 學院
7	**behalf** [bɪˈhæf]	图 代表
8	**commission** [kəˈmɪʃən]	图 佣金
9	**discipline** [ˈdɪsəplɪn]	图 訓練

① strict discipline 嚴格的訓練

| 10 | **exist** [ɪgˈzɪst] | 動 存在 |

＊ on behalf of是個片語，意思是「代表…一方」。

Part 2 速聽學英語　好聽力！從聽單字開始

Lesson 30

1	**foundation** [faʊnˈdeʃən]	图	地基;基礎;(化妝)粉底
2	**hire** [haɪr]	動	雇用
3	**inquire** [ɪnˈkwaɪr]	動	詢問;調查
4	**lively** [ˈlaɪvlɪ]	形	充滿活力的
5	**melt** [mɛlt]	動	融化

① 反 freeze

6	**paradise** [ˈpærəˌdaɪs]	图	天堂
7	**tyrant** [ˈtaɪrənt]	图	暴君

① 图 'tyranny 暴政

8	**accelerate** [ækˈsɛləˌret]	動	加速;促進
9	**bet** [bɛt]	動	打賭
10	**catalog** [ˈkætl̩ˌɔg]	動 登錄　图 型錄	

1	**dictator** ['dɪkteta-]	名 獨裁者
2	**entrance** ['ɛntrəns]	名 入學；入口
3	**fake** [fek]	形 假的　動 造假
4	**government** ['gʌvə-mənt]	名 政府
5	**increase** [ɪn'kris]	動 增加；增強
6	**loose** [lus]	形 鬆弛的；曖昧不清的；不紮實的；名 發射
7	**minority** [maɪ'nɔrətɪ]	名 少數
8	**plain** [plen]	形 明顯的；平常的
9	**relevant** ['rɛləvənt]	形 有關的；相關連的
10	**share** [ʃɛr]	動 分享　名 股份

Lesson 32

1	**triumph** [ˈtraɪəmf]	图 勝利；傑出的成就
2	**accent** [ˈæksɛnt]	图 腔；口音
3	**accept** [əkˈsɛpt]	图 接受

① 图 ac'ceptance 接受

4	**behavior** [bɪˈhevjɚ]	图 行為
5	**claim** [klem]	勔 提出要求；認領；聲稱；要求
6	**diminish** [dəˈmɪnɪʃ]	勔 減少
7	**extreme** [ɪkˈstrim]	圈 極大的；過份的；極端的

① go to extremes 走極端

8	**healthy** [ˈhɛlθɪ]	圈 健康的
9	**invisible** [ɪnˈvɪzəbḷ]	圈 看不見的；難察覺的

① 图 invisi'bility 看不見 ② 反 'visible 可見的

10	**massacre** [ˈmæsəkɚ]	图 大屠殺；勔 屠殺；徹底擊敗

* wear on是個片語，可以用來說時間，表示「時間慢慢地過去」，wore是wear的過去式。

Lesson 33

1	**nutrition** [nuˈtrɪʃən]	图 營養；營養的食物
2	**previous** [ˈprivɪəs]	形 以前的；先前的
3	**resident** [ˈrɛzədənt]	形 居住的；图 住民

① ʼvisitor 訪客
② 動 reʼside 居住

4	**sign** [saɪn]	图 招牌；號誌；牌子；徵兆 動 簽名
5	**tire** [taɪr]	動 疲倦
6	**accessory** [ækˈsɛsərɪ]	图 附件；配件
7	**attempt** [əˈtɛmpt]	图 動 企圖；嘗試；努力
8	**bravery** [ˈbrevərɪ]	图 勇敢
9	**cling** [klɪŋ]	動 黏住；纏住；依戀；固守
10	**design** [dɪˈzaɪn]	動 图 設計

1	**examine** [ɪgˈzæmɪn]	動 檢查

2	**hunch** [hʌntʃ]	名 預感

3	**internal** [ɪnˈtɝnḷ]	形 內在的；內部的

① 反 exˈternal 外部的

4	**loosen** [ˈlusn̩]	動 使鬆開

5	**merit** [ˈmɛrɪt]	名 優點；功績；獎賞（如獎狀、獎章等） 動 值得；應受獎賞

6	**overlook** [ˌovɚˈlʊk]	動 忽略

7	**proposal** [prəˈpozḷ]	名 企畫；提案

8	**remind** [rɪˈmaɪnd]	動 提醒

9	**scare** [skɛr]	動 使害怕

10	**stimulate** [ˈstɪmjəˌlet]	動 激勵；引起

＊ 在聽力測驗中，聽到這句話，就表示夏令時間即將在本週末開始，
所以時鐘要撥快一小時。

Lesson 35

1	**tremble** ['trɛmbḷ]	動 發抖；搖晃；顫慄
2	**accommodate** [ə'kɑmə,det]	動 適應；包容；供應；容納
3	**bankrupt** ['bæŋkrʌpt]	形 破產的
4	**career** [kə'rɪr]	名 事業
5	**companion** [kəm'pænjən]	名 同伴；伴侶

① 名 'company 作伴
② 名 com'panionship 友誼

6	**despair** [dɪ'spɛr]	名 絕望
7	**esteem** [ə'stim]	名 尊重；敬重
8	**flame** [flem]	名 火焰
9	**gradual** ['grædʒʊəl]	形 逐漸的
10	**humble** ['hʌmbḷ]	形 謙虛的；卑微的

1	**interfere** [ˌɪntɚˈfɪr]	動 干擾；妨礙；衝突；抵觸
2	**matter** [ˈmætɚ]	動 有要緊；有關係； 名 事情
3	**ordinary** [ˈɔrdn̩ˌɛrɪ]	形 平凡的；普通的；通常的
4	**proud** [praʊd]	形 感到驕傲
5	**resource** [rɪˈsors]	名 資源（多用複數形）

① 形 re'sourceful 資源豐富的
② natural resource 天然資源

6	**silent** [ˈsaɪlənt]	形 安靜的；寡言的
7	**survey** [sɚˈve]	名 動 調查；勘測
8	**trial** [ˈtraɪəl]	名 嘗試；審判
9	**accomplish** [əˈkɑmplɪʃ]	動 成就；完成
10	**arson** [ˈɑrsn̩]	名 縱火；縱火罪

＊ 這裡的if是「是否」的意思，不要一聽if就想成「假如」。

Lesson 37

1	**captain** ['kæptən]	名 艦長;船長;首領
2	**dormitory** ['dɔrmə,torɪ]	名 宿舍
3	**fault** [fɔlt]	名 過錯
4	**holiday** ['hɑlə,de]	名 假日;假期
5	**interrupt** [,ɪntə'rʌpt]	動 中止;打斷
6	**mimic** ['mɪmɪk]	動 模仿
7	**loud** [laʊd]	形 大聲;顏色鮮豔的
8	**mental** ['mɛntl̩]	形 精神的;智力的

① mental development 智力的發展
② mental patient 精神病人

9	**pollution** [pə'luʃən]	名 污染

1	**scream** [skrim]	名 動 尖叫
2	**accuse** [əˈkjuz]	動 指控
3	**anniversary** [ˌænəˈvɝsərɪ]	名 週年紀念日
4	**bargain** [ˈbɑrgɪn]	名 便宜的東西；協議
5	**cause** [kɔz]	名 起因；原因；目標；義理
6	**contrast** [ˈkɑntræst]	名 對比；對照
7	**destroy** [dɪˈstrɔɪ]	動 摧毀
8	**encourage** [ɪnˈkɝɪdʒ]	動 鼓勵

① 名 enˈcouragement 鼓勵
② 反 disˈcourage 使沮喪；阻撓

9	**fail** [fel]	動 （考試）不及格
10	**grieve** [griv]	動 感到悲痛

1	**isolate** ['aɪsl̩,et]	動 使孤立；隔離；絕緣
2	**legible** ['lɛdʒəbl̩]	形 清楚的；易讀的
3	**meantime** ['min,taɪm]	名 同時；其間
4	**perplex** [pɚ'plɛks]	動 使困惑；複雜化 形 困惑的；費解的
5	**remove** [rɪ'muv]	動 免職；移除
6	**select** [sə'lɛkt]	動 選擇
7	**temper** ['tɛmpɚ]	名 脾氣；性情；要生氣 動 調節；鍛鍊
8	**account** [ə'kaʊnt]	名 帳戶；描述；報告；報導 動 說明

① 名 a'ccounting 會計學
② on account of 因為
③ on no account 絕不
④ account for～ 因為～的緣故

9	**assistant** [ə'sɪstənt]	名 助手

Lesson 40

1	**commonplace** [ˈkɑmənˌples]	名 尋常的事物
2	**deny** [dɪˈnaɪ]	動 否認
3	**endorse** [ɪnˈdɔrs]	動 背書；贊成；（替某樣商品）做宣傳
4	**frank** [fræŋk]	形 坦白的；率直的

① to be frank with you 明白地對你說
② 副 frankly 坦白地 ③ frankly speaking 坦白地說

5	**identify** [aɪˈdɛntəˌfaɪ]	動 認出

① 副 i'dentity 本人；身份；同一人 ② 形 i'dentical 全相同的

6	**loss** [lɔs]	名 損失
7	**obsolete** [ˈɑbsəˌlit]	形 過時的；老式的
8	**prosperous** [ˈprɑspərəs]	形 興旺的；富足的
9	**respond** [rɪˈspɑnd]	動 回答；做出反應

① 名 re'spondence 反應；相應 ② respond to～ 回應～

10	**society** [səˈsaɪətɪ]	名 社會 形 'social 社會的

＊ name calling的意思就是「用很難聽的字眼叫別人，例如：叫對方『白痴』、『騙子』等等聽起來很難聽的話」。

Lesson 41

1	**suspend** [sə'spɛnd]	動 暫時吊銷;暫令…停止參加活動
2	**translate** [træns'let]	動 翻譯

① 名 trans'lation 翻譯

3	**accurate** ['ækjərɪt]	形 準確的
4	**analyze** ['ænḷ,aɪz]	動 分析
5	**attribute** [ə'trɪbjʊt]	動 把…歸因於 名 屬性
6	**carry** ['kærɪ]	動 運載;用手提;攜帶;有（某種商品）出售
7	**compose** [kəm'poz]	動 創作;譜曲
8	**disturb** [dɪ'stɝb]	動 打擾
9	**finance** [fə'næns]	動 供資金給…
10	**gift** [gɪft]	名 禮物;天分

Lesson 42

1 instruct
[ɪnˈstrʌkt]
動 教導

① 名 inˈstruction 教導

2 magnify
[ˈmægnəˌfaɪ]
動 放大；擴大；誇張

3 mind
[maɪnd]
動 介意
名 頭腦；心

4 peculiar
[pɪˈkjuljɚ]
形 奇特的；獨特的
名 特權

5 possess
[pəˈrɛs]
動 持有；纏住；著迷；具有（品質）；擁有

6 reliable
[rɪˈlaɪəb!]
形 可信賴的；可靠的

7 steady
[ˈstɛdɪ]
形 固定

8 science
[ˈsaɪəns]
名 科學

9 tragedy
[ˈtrædʒədɪ]
名 悲劇

10 achieve
[əˈtʃiv]
動 完成；達到（目的）

① 名 aˈchievement 成就；業績

1	**aquarium** [əˈkwɛrɪəm]	图 魚缸;水族館
2	**attract** [əˈtrækt]	動 吸引
3	**cancel** [ˈkænsl̩]	動 取消
4	**command** [kəˈmænd]	動 图 命令;指揮

① in command 負責指揮
② coˈmmander 指揮官

5	**decrease** [dɪˈkris]	動 減少
6	**elevate** [ˈɛləˌvet]	動 舉起;抬高
7	**expert** [ˈɛkspɝt]	图 專家; 形 熟練的
8	**fortunate** [ˈfɔrtʃənɪt]	形 幸運的
9	**individual** [ˌɪndəˈvɪdʒʊəl]	形 個別的;單一的
10	**legend** [ˈlɛdʒənd]	图 傳奇故事;傳奇;傳奇人物;圖例;說明

＊ be in a position to 做某件事,意思就是「有條件做某件事」。

1	**mighty** ['maɪtɪ]	形 有力的；強大的
2	**plot** [plɑt]	名 情節
3	**remember** [rɪ'mɛmbɚ]	動 記得
4	**secret** ['sikrɪt]	名 秘密
5	**substitute** ['sʌbstə,tut]	動 代替　名 代課老師；取代
6	**treason** ['trizn̩]	名 叛國罪；背叛
7	**acquaint** [ə'kwent]	動 認識
8	**apprehend** ['æprɪ'hɛnd]	動 懸念；逮捕；拘押；理解
9	**beware** [bɪ'wɛr]	動 當心；小心
10	**capital** ['kæpətl̩]	形 首位的；資本的　名 首都；資本

① 名 'capitalist 資本家

Lesson 45

1	**compensate** ['kɑmpən,set]	動 補償；報酬
2	**different** ['dɪfrənt]	形 不同的
3	**execute** ['ɛksɪ,kjut]	動 執行；製作；處決
4	**freedom** ['fridəm]	名 自由

① 形 free 自由的

5	**hollow** ['hɑlo]	形 中空的；空虛的
6	**indicate** ['ɪndə,ket]	動 指明
7	**introduce** [,ɪntrə'dus]	動 介紹
8	**martyr** ['mɑrtɚ]	名 殉道者；受難者　動 使受苦；迫害
9	**oriental** [,orɪ'ɛntl̩]	形 東方的　名 亞洲人
10	**participate** [pɑr'tɪsə,pet]	動 參與

* oriental rug 是一種歐美人很喜歡的地毯。

1	**prevent** [prɪ'vɛnt]	勔 避免
2	**separate** ['sɛpə,ret]	形 分開的　勔 分開
3	**straight** [stret]	形 直的
4	**treasure** ['trɛʒɚ]	名 財寶；寶物

① 名 'treasury 寶藏

5	**agent** ['edʒənt]	形 代理人
6	**appropriate** [ə'proprɪ,et]	形 適當的
7	**awkward** ['ɔkwɚd]	形 笨拙的；侷促不安的；不變的；很糟糕的
8	**bid** [bɪd]	勔 名 投標
9	**campaign** [kæm'pen]	名 競選活動；廣告活動 勔 推動（某種活動）；競選
10	**commerce** ['kɑmɚs]	名 商業；貿易

＊ settle in是個片語，意思是「適應一個新環境」。

Lesson 47

1	**departure** [dɪˈpartʃɚ]	名 離開

2	**exhibit** [ɪgˈzɪbɪt]	名 展覽

3	**genius** [ˈdʒinjəs]	名 天才

① 複數形：geniuses

4	**immortal** [ɪˈmɔrtl̩]	形 不朽的；長生的

5	**involve** [ɪnˈvalv]	動 涉及；介入；參與；牽連

6	**marge** [mardʒ]	動 名 合併

7	**photograph** [ˈfotəˌgræf]	名 相片

8	**regard** [rɪˈgard]	名 注意；關心；動 注意；重視

① with regard to 有關～ ② reˈgarding 關於～
③ 形 reˈgardful 留心的

9	**scholar** [ˈskalɚ]	名 學者

① 名 ˈscholarship 獎學金

10	**surface** [ˈsɝfɪs]	名 表面；外觀

① surface mail 水陸郵件

Lesson 48

1	**trade** [tred]	图 貿易；交易
2	**actual** [ˈæktʃʊəl]	形 實際的；事實上的
	① 图 actu'ality 現實情況；事實　② 動 'actualize 成為現實	
3	**allow** [əˈlaʊ]	動 允許；容許
	① 图 a'llowance 零用錢；許可	
4	**assortment** [əˈsɔrtmənt]	图 各種各樣
5	**boom** [bum]	動 （價格）暴漲；(工商)繁榮 图 （工商）繁榮
6	**clarity** [ˈklærətɪ]	图 清澈；清楚
7	**courage** [ˈkɝɪdʒ]	图 勇氣
	① 形 cou'rageous 勇敢的	
8	**emergency** [ɪˈmɝdʒənsɪ]	图 緊急事件；急診
9	**fold** [fold]	動 折疊
	① 图 'folder 紙夾	
10	**guilty** [ˈɡɪltɪ]	形 有罪；內疚的

Lesson 49

1	**insult** [ˈɪnsʌlt]	動 侮辱；取笑；無禮對待 名 侮辱

2	**lower** [ˈloɚ]	形 較低的　動 降低

3	**nervous** [ˈnɝvəs]	形 緊張的

4	**poll** [pol]	動 名 民意測驗

5	**reluctant** [rɪˈlʌktənt]	形 不情願的；勉強的

6	**serious** [ˈsɪrɪəs]	形 認真的；嚴重的；嚴肅的

① 形 ‘spiritual 精神的
② in good spirits 心情很好 →spirit表示心情，要用複數形

7	**tradition** [trəˈdɪʃən]	名 傳統

① 形 tra’ditional 傳統的

8	**adapt** [əˈdæpt]	動 適應

Lesson 50

1	**arrogant** ['ærəgənt]	形 傲慢的
2	**attitude** ['ætə,tud]	名 態度
3	**cease** [sis]	動 終止；停止
4	**concentrate** ['kɑnsn̩,tret]	動 專注於；專心
5	**divide** [də'vaɪd]	動 分開；分配；分享
6	**familiar** [fə'mɪljɚ]	形 熟悉
7	**glory** ['glorɪ]	名 光榮
8	**imperative** [ɪm'pɛrətɪv]	形 必要的；緊急的
9	**item** ['aɪtəm]	名 貨品；項目
10	**loot** [lut]	名 贓物

Lesson 51

1	**method** [ˈmɛθəd]	图 方法；步驟
2	**opportunity** [ˌɑpɚˈtunətɪ]	图 機會
3	**positive** [ˈpɑzətɪv]	形 正面的；確信的；有把握的
4	**refer** [rɪˈfɝ]	動 提到；指稱；參考
5	**reward** [rɪˈwɔrd]	動 图 報酬；獎賞
6	**significant** [sɪgˈnɪfəkənt]	形 重要的；有意義的；相當數量的
7	**superior** [səˈpɪrɪɚ]	形 比較高級的；優良的

① 图 superiˈority 優秀
② superior to～ 勝於～

8	**tour** [tur]	图 動 旅遊
9	**ambush** [ˈæmbʊʃ]	图 埋伏；伏兵；偷襲
10	**asylum** [əˈsaɪləm]	图 收容所；精神病院

＊ refer to某人as某種頭銜，就是「稱某人為某種頭銜」的意思。

Lesson 52

1	**capacity** [kə'pæsətɪ]	名 容量
2	**commodity** [kə'mɑdətɪ]	名 商品；貨物
3	**decline** [dɪ'klaɪn]	動 拒絕　名 衰退

① 反 ac'cept 接受

4	**enemy** ['ɛnəmɪ]	名 敵人
5	**false** [fɔls]	形 不正確的；錯誤的
6	**fortify** ['fɔrtə,faɪ]	動 加強；鞏固
7	**hungry** ['hʌŋgrɪ]	形 肚子餓
8	**length** [lɛŋkθ]	名 長度
9	**masterpiece** ['mæstɚ,pis]	名 傑作
10	**nomination** [,nɑmə'neʃən]	名 提名

Lesson 53

1	**preserve** [prɪˈzɝv]	動 保存
2	**resent** [rɪˈzɛnt]	動 憤慨；怨恨
3	**sincere** [sɪnˈsɪr]	形 真誠的
4	**terrible** [ˈtɛrəbḷ]	形 差勁的；可怕的；糟透的
5	**adjourn** [əˈdʒɝn]	動 休會；結束會議
6	**bite** [baɪt]	動 咬；名 咬；叮；一口；簡單的飲食
7	**capable** [ˈkepəbḷ]	形 有能力的；可以…的；有才能的
8	**community** [kəˈmjunətɪ]	名 社區
9	**deliver** [dɪˈlɪvɚ]	動 送貨；生產
10	**enthusiastic** [ɪn͵θjuzɪˈæstɪk]	形 熱衷的；極感興趣

Lesson 54

1	**famous** ['feməs]	形 聞名的
2	**fame** [fem]	名 聲譽；名聲
3	**hurry** ['hɝɪ]	名 動 匆忙；趕快
4	**illustrate** ['ɪləstret]	動 說明
5	**library** ['laɪˌbrɛrɪ]	名 圖書館
6	**melancholy** ['mɛlənˌkɑlɪ]	形 憂鬱的；沮喪的 名 憂鬱
7	**official** [ə'fɪʃəl]	形 官方的；正式的 名 公務員；官員

① 名 office 辦公室；職位

8	**prejudice** ['prɛdʒədɪs]	名 偏見
9	**recent** ['risn̩t]	形 最近的
10	**rest** [rɛst]	名 其餘的；休息 動 休息

Lesson 55

1	**souvenir** [ˌsuvəˈnɪr]	名 紀念品
2	**symbol** [ˈsɪmbḷ]	名 象徵;標誌
3	**thirsty** [ˈθɝstɪ]	形 渴的
4	**administration** [ədˌmɪnəˈstreʃən]	名 經營;管理部門

① 動 ad'minister 管理;經營 ② 形 ad'ministrative 管理的

5	**ambition** [æmˈbɪʃən]	名 野心;抱負;志向

① 形 am'bitious 有野心的

6	**audience** [ˈɔdɪəns]	名 觀眾;聽眾
7	**chapter** [ˈtʃæptɚ]	名 (書的)章
8	**confirm** [kənˈfɝm]	動 確認
9	**diplomat** [ˈdɪpləˌmæt]	名 外交官

① 形 diplo'matic 外交的

10	**excellent** [ˈɛksḷənt]	形 很棒的

Lesson 56

1	**former** ['fɔrmɚ]	形 以前的

① the former (二者中的)前者
② 反 the latter (二者中的)後者

2	**hesitate** ['hɛzə,tet]	動 遲疑；不敢
3	**inflation** [ɪn'fleʃən]	名 通貨膨脹
4	**interview** ['ɪntɚ,vju]	動 名 面談
5	**master** ['mæstɚ]	形 主要的 名 主人
6	**personal** ['pɝsn̩l]	形 個人的；私人的
7	**region** ['ridʒən]	名 地帶；地域
8	**space** [spes]	名 太空
9	**stage** [stedʒ]	名 階段；舞台
10	**theory** ['θiərɪ]	名 理論

Lesson 57

1	**admire** [əd'maɪr]	動 欽佩；讚賞；羨慕
	① 名 admi'ration 讚美　② 形 ad'mirable 可讚賞的 ③ admire 人 for 事 為了某事讚佩某人	
2	**appear** [ə'pɪr]	動 出現；似乎；露面；顯得……
3	**aviation** [ˌevɪ'eʃən]	名 飛行；航空
4	**budget** ['bʌdʒɪt]	名 動 預算；訂預算
5	**candidate** ['kændəˌdet]	名 候選人
6	**controversy** ['kɑntrəˌvɝsɪ]	名 爭論；爭議
7	**donation** [do'neʃən]	名 贈送
	① 動 do'nate 贈送	
8	**forbid** [fɚ'bɪd]	動 禁止
9	**guide** [gaɪd]	名 嚮導；指南 動 指導
10	**harvest** ['hɑrvɪst]	動 收獲 名 收割；收獲

Lesson 58

1	**insure** [ɪnˈʃʊr]	動 保險
2	**marine** [məˈrin]	形 海洋的；海軍的
3	**nourish** [ˈnɝɪʃ]	動 施肥；獎勵；養育
4	**prompt** [prɑmpt]	形 敏捷的；迅速的；及時的 名 提示台詞
5	**rule** [rul]	名 規則；規章
6	**spread** [sprɛd]	動 分散；散佈；蔓延
7	**territory** [ˈtɛrəˌtorɪ]	名 領土；領域
8	**admission** [ədˈmɪʃən]	名 入學；入學許可；准予入場；入場費
9	**anchor** [ˈæŋkɚ]	名 錨；電視新聞主播 動 固定；播報新聞
10	**bleed** [blid]	動 流血

1	**combat** ['kɑmbæt]	動 與…戰爭;戰鬥
2	**decorate** ['dɛkə,ret]	動 裝飾
3	**escort** ['ɛskɔrt]	名 護送;陪伴者;動 護送
4	**foresee** [for'si]	動 預見;預知
5	**humid** ['hjumɪd]	形 潮濕
6	**limp** [lɪmp]	名 跛行
7	**message** ['mɛsɪdʒ]	名 留言;訊息
8	**persuade** [pɚ'swed]	動 說服

① 名 per'suasion 說服;說服力
② 形 per'suasive 有說服力的
③ 反 dis'suade 勸阻

9	**reflection** [rɪ'flɛkʃən]	名 倒影;反射;深思
10	**result** [rɪ'zʌlt]	名 結果;成果

1	**adopt** [əˋdɑpt]	動 採用;收養
	① 名 aˋdoption 採用;收養 ② adopt a child 收養一個小孩	
2	**anxious** [ˋæŋkʃəs]	形 渴望的;急切的;憂慮的
3	**autopsy** [ˋɔtɑpsɪ]	名 驗屍
4	**chase** [tʃes]	動 追趕
5	**complete** [kəmˋplit]	動 完成 形 完全的;全部的
6	**defend** [dɪˋfɛnd]	動 防禦
7	**erupt** [ɪˋrʌpt]	動 迸出;噴出;(火山)爆發
8	**fertilize** [ˋfɝtḷ͵aɪz]	動 使肥沃;施肥料
	① 名 ˋfertilizer 肥料 ② 名 fertiliˋzation 施肥	
9	**flexible** [ˋflɛksəbḷ]	形 有彈性的;可變通的
10	**heal** [hil]	動 治癒

1	**infect** [ɪnˈfɛkt]	動 感染
2	**local** [ˈlokl̩]	形 當地的；本地的
3	**miserable** [ˈmɪzrəbl]	形 痛苦的
4	**perspire** [pɚˈspaɪr]	動 流汗
5	**repeat** [rɪˈpit]	動 重複
6	**sensitive** [ˈsɛnsətɪv]	形 敏感的；過敏的；善感的
7	**spectacular** [spɛkˈtækjəlɚ]	形 壯觀的
8	**adore** [əˈdor]	動 崇拜
9	**arena** [əˈrinə]	名 室內運動場
10	**border** [ˈbɔrdɚ]	名 邊界

Lesson 62

1	**collision** [kə'lɪʒən]	图 碰撞；相撞
2	**concern** [kən'sɜn]	動 關心；擔心 图 關切
3	**dialogue** ['daɪə,lɔg]	图 談話；對白
4	**exception** [ɪk'sɛpʃan]	图 例外
5	**frantic** ['fræntɪk]	形 瘋狂似的；緊張紛亂的
6	**illusion** [ɪ'luʒən]	图 幻覺；妄想；假象；幻想
7	**intention** [ɪn'tɛnʃən]	图 意圖；打算
8	**luxury** ['lʌkʃərɪ]	图 奢侈；奢華
9	**majority** [mə'dʒɔrətɪ]	图 大多數
10	**musical** ['mjuzɪk!]	形 音樂的 图 音樂劇

Lesson 63

1	**offend** [ə'fɛnd]	動 冒犯
2	**perfect** ['pɝfɪkt]	形 完美的
3	**request** [rɪ'kwɛst]	動 要求
4	**selfish** ['sɛlfɪʃ]	形 自私的
5	**steal** [stil]	動 偷 名 （口語）便宜貨
6	**advantage** [əd'væntɪdʒ]	名 利益；有利因素；優勢

　　① 形 advan'tageous 有益的
　　② take advantage of～ 利用～；佔～便宜
　　③ 反 disad'vantage 不利

7	**arise** [ə'raɪz]	動 發生；起立；升起
8	**authentic** [ɔ'θɛntɪk]	形 真正的；確實的
9	**chance** [tʃæns]	名 機會

Lesson 64

1 **comprehend**
[ˌkɑmprɪˈhɛnd]
勔 理解

2 **diligent**
[ˈdɪlədʒənt]
形 勤勉的

① 名 'diligence 勤勉
② 反 lazy 懶惰的

3 **explore**
[ɪkˈsplor]
勔 考察；探索

4 **frequent**
[ˈfrikwənt]
形 經常的

① 名 'frequency 頻率；次數

5 **humor**
[ˈhjumɚ]
名 幽默

6 **international**
[ˌɪntɚˈnæʃənl̩]
形 國際的

7 **liberty**
[ˈlɪbɚtɪ]
名 自由

8 **miracle**
[ˈmɪrəkl̩]
名 奇蹟

9 **pressure**
[ˈprɛʃɚ]
名 壓力

Lesson 65

#		
1	**rescue** ['rɛskjʊ]	動 名 營救；救援；挽救
2	**shadow** ['ʃædo]	名 影子
3	**adventure** [əd'vɛntʃɚ]	名 冒險；冒險片
4	**approximately** [ə'prɑksəmɪtlɪ]	副 大約
5	**atlas** ['ætləs]	名 地圖集
6	**celebrate** ['sɛlə,bret]	動 慶祝
7	**commence** [kə'mɛns]	動 開始
8	**current** ['kɝənt]	形 目前；流行；流動的 名 水流；思潮；氣流
9	**damage** ['dæmɪdʒ]	動 名 損傷
10	**entertainment** [ˌɛntɚ'tenmənt]	名 娛樂

① great entertainment 很好的招待節目
② 動 enter'tain 娛樂；招待

Lesson 66

1	**expensive** [ɪkˈspɛnsɪv]	形 昂貴的
2	**fresh** [frɛʃ]	形 新鮮的
3	**incredible** [ɪnˈkrɛdəbl̩]	不能相信的；難以置信的；(口語)很棒的
4	**marvel** [ˈmɑrvl̩]	動 感到驚奇；驚嘆於
5	**oppose** [əˈpoz]	動 反對

① 名 oppoˈsition 反對
② 形 oˈpposed 反對的

6	**partner** [ˈpɑrtnɚ]	名 伙伴；合夥人
7	**recognize** [ˈrɛkəgˌnaɪz]	動 認得；認出
8	**servant** [ˈsɝvənt]	名 僕人

① 動 serve 服侍
② 名 ˈservice 服務

9	**advertise** [ˈædvɚˌtaɪz]	動 登廣告

① 名 adverˈtisement 廣告
② advertise for～ 登廣告徵求

Lesson 67

1	**ashamed** [əˈʃemd]	形 慚愧的;羞恥的
2	**brain** [bren]	名 腦;頭腦
3	**compare** [kəmˈpɛr]	動 比較
4	**disappoint** [ˌdɪsəˈpɔɪnt]	動 令人失望
5	**expel** [ɪkˈspɛl]	動 驅逐;除名;發射(子彈等)
6	**fancy** [ˈfænsɪ]	形 漂亮的
7	**headquarters** [ˈhɛdˈkwɔrtəz]	名 總部
8	**inform** [ɪnˈfɔrm]	動 通知;告知
9	**list** [lɪst]	名 名單　動 列出

Lesson 68

1	**modest** ['mɑdɪst]	形	謙虛的
2	**primary** ['praɪˌmɛrɪ]	形	第一的；最初的；主要的
3	**refugee** [ˌrɛfjʊ'dʒi]	名	難民
4	**salute** [sə'lut]	動	行禮；致敬
5	**advice** [əd'vaɪs]	名	忠言；勸告；建議
6	**arrest** [ə'rɛst]	動 名	逮捕
7	**bow** [baʊ]	動 [baʊ] 鞠躬 名 [bo] 弓；蝴蝶結	
8	**competition** [ˌkɑmpə'tɪʃən]	名	比賽；競賽
9	**deceive** [di'siv]	動	騙；瞞
10	**effort** ['ɛfɚt]	名	努力

1	**experiment** [ɪkˈspɛrəmənt]	名 實驗
2	**frontier** [frʌnˈtɪr]	名 未知的領域；拓荒的地域；邊境
3	**hostile** [ˈhɑstl̩]	形 懷敵意的；敵對的
4	**immediate** [ɪˈmidɪɪt]	形 立即的
5	**liberal** [ˈlɪbərəl]	形 不嚴格的；自由的；慷慨的
6	**mortal** [ˈmɔrtl̩]	形 終有一死的；凡人的
7	**robust** [roˈbʌst]	形 強壯的；健全的；有活力的；費力的
8	**solve** [sɑlv]	動 解決
9	**advocate** [ˈædvəkɪt]	動 提倡；主張 名 倡導者；鼓吹者

Lesson 70

1	**arrange** [ə'rendʒ]	動 安排
2	**blend** [blɛnd]	動 使混合
3	**civilization** [ˌsɪvl̩ə'zeʃən]	名 文明
4	**control** [kən'trol]	動 名 控制
5	**definite** ['dɛfənɪt]	形 確定的
6	**education** [ˌɛdʒə'keʃən]	名 教育
7	**exclude** [ɪk'sklud]	動 排除；除去
8	**forever** [fɚ'ɛvɚ]	形 永久的
9	**inauguration** [ɪnˌɔgjə'reʃən]	名 就職典禮
10	**location** [lo'keʃən]	名 地點

1	**modern** [ˈmɑdɚn]	形 現代的

① a modern poet 當代的詩人

2	**predict** [prɪˈdɪkt]	動 預言;預報

3	**reduce** [rɪˈdus]	動 減低

4	**satisfy** [ˈsætɪsˌfaɪ]	動 滿意

① 名 satisˈfaction 滿意
② 形 satisˈfactory 滿意的
③ be satisfied with～ 對～滿意

5	**affable** [ˈæfəbl̩]	形 和藹的;親切的

6	**army** [ˈɑrmɪ]	名 陸軍

7	**blame** [blem]	動 歸罪於

8	**climb** [klaɪm]	動 爬

Lesson 72

1	**destruction** [dɪˈstrʌkʃən]	名	破壞
2	**exciting** [ɪkˈsaɪtɪŋ]	形	令人興奮的；叫人緊張的
3	**guarantee** [ˌɡærənˈti]	動	保證
4	**invest** [ɪnˈvɛst]	動	投資
5	**mystery** [ˈmɪstrɪ]	名	懸疑
6	**pursue** [pɚˈsu]	動	追逐；尋求
7	**revenge** [rɪˈvɛndʒ]	名	報復
8	**scandal** [ˈskændl̩]	名	醜聞
9	**affect** [əˈfɛkt]	動	影響到

① 形 affected 受影響的；受感染的
② 名 aˈffection 感情

10	**attain** [əˈten]	動	獲得；達成

1	**character** ['kærɪktə˞]	名 身份;角色;人物
2	**contribute** [kən'trɪbjʊt]	動 貢獻;捐贈;投稿

① contribute to～ 捐贈給～
② 名 contri'bution 貢獻

3	**disgust** [dɪs'gʌst]	動 厭惡;使作嘔

① 形 dis'gusting 非常討厭的

4	**expense** [ɪk'spɛns]	名 費用
5	**fulfill** [fʊl'fɪl]	動 達到;完成;實現;實行
6	**instinct** ['ɪnstɪŋkt]	名 本能;本性;直覺
7	**population** [ˌpɑpjə'leʃən]	名 人口

① 動 'populate 居住於

8	**royal** ['rɔɪəl]	形 皇家的
9	**successful** [sək'sɛsfəl]	形 成功的

Lesson 74

1	**affluent** ['æfluənt]	形	富裕的
2	**ascend** [ə'sɛnd]	動	上昇；升高；（王位）登基
3	**breathe** [brið]	動	呼吸
4	**compliment** ['kɑmpləmənt]	名	誇獎；讚美
5	**destination** [ˌdɛstə'neʃən]	名	目的地
6	**eventually** [ɪ'vɛntʃuəlɪ]	副	最終
7	**essential** [ə'sɛnʃəl]	形	絕對必要的；非常重要的
8	**graceful** ['gresfəl]	形	優美的
9	**invite** [ɪn'vaɪt]	動	邀請

1	**mention** ['mɛnʃən]	動 提起；談及
2	**public** ['pʌblɪk]	形 公用的；公共的 名 公眾
3	**resolve** [rɪ'zɑlv]	動 決定；解決
4	**situation** [ˌsɪtʃʊ'eʃən]	名 情況；情形
5	**sympathy** ['sɪmpəθɪ]	名 憐憫；同情；贊成
6	**aim** [em]	動 瞄準 名 靶子

① aim at～ 瞄準～
② 名 'aimless 漫無目的

7	**armor** ['ɑrmɚ]	名 盔甲
8	**blank** [blæŋk]	形 空白的；空著的
9	**choice** [tʃɔɪs]	名 選擇
10	**concede** [kən'sid]	動 承認失敗；承認…是真的；讓步

Lesson 76

1	**delay** [dɪˈle]	動 名 拖延；耽擱
2	**electricity** [ɪˌlɛkˈtrɪsətɪ]	名 電氣
	① 形 eˈlectrical 有關電的	
3	**flourish** [ˈflɝɪʃ]	動 興旺；成功
4	**globe** [glob]	名 地球；世界
5	**include** [ɪnˈklud]	動 包括
6	**lonely**	形 孤獨的；寂寞的
7	**mutual**	形 相互的；共通的
8	**placid**	形 寧靜的；溫和的；滿足
9	**refuse** [rɪˈfjuz]	動 拒絕
	① 名 reˈfusal 拒絕	
10	**simple** [ˈsɪmpl̩]	形 簡單的

Lesson 77

1	**strict** [strɪkt]	形 嚴格的；精密的

① 副 strictly 嚴格地
② strictly speaking 嚴格來說……

2	**alert** [əˈlɝt]	形 警覺的；敏銳的

① 名 警戒；戒心
② 動 向…報警

3	**ancestor** [ˈænsɛstɚ]	名 祖先
4	**attendance** [əˈtɛndəns]	名 出席；出席率
5	**category** [ˈkætəˌgorɪ]	名 種類；類別
6	**concise** [kənˈsaɪs]	形 簡潔的；簡明的
7	**demonstrate** [ˈdɛmənˌstret]	動 示範操作；證明；說明
8	**error** [ˈɛrɚ]	名 錯誤
9	**fantasy** [ˈfæntəsɪ]	名 幻想；想像

Lesson 78

1	**innocent** ['ɪnəsn̩t]	形 無罪的；率真的
2	**issue** ['ɪʃʊ]	名 問題
3	**mean** [min]	動 有意；意思是；意欲 形 刻薄的
4	**original** [ə'rɪdʒənl̩]	形 原始的；原創的；有創意的
5	**promote** [prə'mot]	動 促進；升遷；助長
6	**respect** [rɪ'spɛkt]	動 名 尊敬；尊重

① 形 res'pectful 表示尊敬
② 形 re'spectable 值得尊敬的
③ in respect to～ 有關～ = with respect to～

7	**shock** [ʃɑk]	動 震驚
8	**sorrow** ['sɑro]	名 哀傷
9	**alienate** ['eljən,et]	動 使孤立；疏遠；不友好
10	**assign** [ə'saɪn]	動 分配；指定

1	**broken** [ˈbrokən]	形 壞的
2	**connect** [kəˈnɛkt]	動 連接；連結
3	**disaster** [dɪzˈæstɚ]	名 災難；大不幸
4	**export** [ɪksˈport]	動 名 外銷
5	**glare** [glɛr]	名 強光
6	**important** [ɪmˈpɔrtn̩t]	形 重要的
7	**intend** [ɪnˈtɛnd]	動 打算
8	**period** [ˈpɪrɪəd]	名 一段時間；時期；（上課的）一節課
9	**rebel** [ˈrɛbl̩]	動 反叛；反對；不接受 名 造反；反叛者
10	**retire** [rɪˈtaɪr]	動 退休

Lesson 80

| 1 | **station** ['steʃən] | 名 車站;站台;駐所 |

| 2 | **surprise** [sə'praɪz] | 名 動 驚奇;驚喜 |

| 3 | **alimony** ['ælə,monɪ] | 名 贍養費 |

| 4 | **arms** [ɑrmz] | 名 武器（複數形） |

① 名 arm 手臂　② 形 armed 武裝的
③ 名 army 軍隊

| 5 | **brief** [brif] | 形 簡短的 |

| 6 | **conspiracy** [kən'spɪrəsɪ] | 名 陰謀;同謀;叛變 |

| 7 | **counsel** ['kaʊnsl̩] | 名 協商;忠告 |

| 8 | **depict** [dɪ'pɪkt] | 動 描繪;描述 |

| 9 | **environment** [ɪn'vaɪrənmənt] | 名 環境;周圍 |

① 形 environ'mental 環境的　② 動 en'viron 圍繞;環境

| 10 | **flammable** ['flæməbl̩] | 形 易燃的;可燃性的 |

Lesson 81

1	**guard** [gɑrd]	名 保護;警衛 動 防守;保護
	① 形 guarded 被保護著	
2	**inscribe** [ɪn'skraɪb]	銘刻;書寫;題名贈送;(幾何)內切
3	**logical** ['lɑdʒɪkl̩]	形 符合邏輯的
4	**medicine** ['mɛdəsn̩]	名 醫學;醫藥
5	**permanent** ['pɝmənənt]	形 永久的;永遠的
6	**remain** [rɪ'men]	動 停留;保持原狀
	① 名 (複數形)remains 殘留物;遺跡	
7	**resist** [rɪ'zɪst]	動 抵抗;反抗
	① 名 re'sistance 抵抗	
8	**source** [sors]	名 來源
9	**alliance** [ə'laɪəns]	名 結盟

1	**approve** [ə'pruv]	動 核准
2	**audible** ['ɔdəb!]	形 聽得見的
3	**charity** ['tʃærətɪ]	名 慈善；施捨；慈善機構
4	**comfortable** ['kʌmfɚtəb!]	形 舒適的
5	**determine** [dɪ'tɝmɪn]	動 決定；下決心

① 名 determi'nation 決定；決心
② determine to (do) 決定去做

6	**experience** [ɪk'spɪrɪəns]	名 動 經驗
7	**furious** ['fjʊrɪəs]	形 暴怒的；狂怒的
8	**inaugurate** [ɪn'ɔgjə,ret]	動 為…舉行就職典禮；開幕
9	**low** [lo]	形 名 低的；低
10	**miniature** ['mɪnɪtʃɚ]	名 縮影；小模型

Lesson 83

1	**reduce** [rɪˈdus]	動 減低
2	**shake** [ʃek]	動 搖動
3	**stationery** [ˈsteʃənˌɛrɪ]	名 文具
4	**allergic** [əˈlɝdʒɪk]	形 過敏的

① 名 ‘allergy 過敏症
② be allergic to～ 對～過敏

5	**anticipate** [ænˈtɪsəˌpet]	動 預料；期待
6	**apologize** [əˈpɑləˌdʒaɪz]	動 道歉
7	**athlete** [ˈæθlit]	名 運動員；參賽者；強壯的人
8	**champion** [ˈtʃæmpɪən]	名 冠軍
9	**concept** [ˈkɑnsɛpt]	名 概念
10	**crime** [kraɪm]	名 犯罪

Lesson 84

1	**discover** [dɪ'skʌvɚ]	動 發現
	① 名 dis'covery 發現	

2	**flee** [fli]	動 逃走

3	**hospitality** [ˌhɑspɪ'tælətɪ]	名 友好款待；殷勤待客
	① 形 'hospitable 招待週到的	

4	**measure** ['mɛʒɚ]	動 量

5	**perpetual** [pɚ'pɛtʃʊəl]	形 永久的

6	**report** [rɪ'port]	名 動 報告

7	**social** ['soʃəl]	形 社會的；社交的
	① 名 so'ciety 社會	

8	**surplus** ['sɝplʌs]	名 盈餘；過剩
	① 形 過剩的；剩餘的	

9	**alternative** [ɔl'tɝnətɪv]	名 替代方案；候補的人；（兩者）擇其一
	① 形 兩者擇一的；供選擇的	

10	**artificial** [ˌɑrtə'fɪʃəl]	形 人工的；人造的

1	**blow** [blo]	動 吹
2	**circumstance** ['sɝkəm'stæns]	名 環境；情況
3	**conscious** ['kɑnʃəs]	形 有知覺的；知道

① 名 'consciousness 意識　　② be conscious of 知道～
③ 反 un'conscious 無意識的

4	**diploma** [dɪ'plomə]	名 畢業證書
5	**especially** [ə'spɛʃəlɪ]	ad動 特別是
6	**force** [fors]	名 武力；勢力 動 強制

① 複數形：forces 軍隊

7	**geography** [dʒi'ɑgrəfɪ]	名 地理
8	**inspire** [ɪn'spaɪr]	動 使鼓舞；啟發

① 名 inspi'ration 啟發；靈感
② 形 in'spired 得到靈感的

9	**notorious** [no'torɪəs]	形 惡名昭彰的
10	**replace** [rɪ'ples]	動 更換

Lesson 86

1	**rumor** ['rumɚ]	名 謠言
2	**stir** [stɝ]	動 攪拌；煽動；引起
3	**survive** [sɚ'vaɪv]	動 仍然活著；逃過……之害

① 名 sur'vival 殘存；生存者

4	**symptom** ['sɪmptəm]	名 症狀；徵候
5	**altitude** ['æltə,tud]	名 高度；海拔
6	**ashore** [ə'ʃor]	形 向岸；靠岸
7	**auditorium** [,ɔdə'torɪəm]	名 禮堂
8	**circle** ['sɝkl]	名 圓圈 動 繞圓圈
9	**duty** ['dutɪ]	名 職責
10	**extinguish** [ɪk'stɪŋgwɪʃ]	動 熄滅；消滅

1	**gross** [gros]	動 總收入
2	**horizon** [hə'raɪzn̩]	名 地平線；水平線
	① 形 hori'zontal 地平線的　② 反 'vertical 垂直的	
3	**lucky** ['lʌkɪ]	形 幸運的
	① 名 luck 運氣　　② 反 un'lucky 不幸的	
4	**medium** ['midɪəm]	形 牛肉煮七、八分熟；中號的；中型
5	**pity** ['pɪtɪ]	名 憐憫；同情
	① 形 'pitiful 可憐的　② feel pity for～ 可憐的～	
6	**siege** [sidʒ]	名 包圍；圍城
7	**suggest** [səg'dʒɛst]	動 建議
8	**amateur** ['æmə͵tʃʊr]	名 業餘愛好者 形 業餘的；外行的
9	**architect** ['ɑrkə͵tɛkt]	名 建築師
10	**believe** [bə'liv]	動 相信

Lesson 88

1	**chorus** ['korəs]	動 合唱；一齊說唱或跳舞 名 合唱團
2	**colony** ['kɑlənɪ]	名 殖民地
3	**curious** ['kjʊrɪəs]	形 好奇的
4	**extravagant** [ɪk'strævəgənt]	形 奢侈的；鋪張的
5	**legislation** [ˌlɛdʒɪs'leʃən]	名 制定法律；立法
6	**margin** ['mɑrdʒɪn]	名 邊緣；頁邊的空白處；利潤；差數
7	**pattern** ['pætən]	名 模式；花樣；圖案；典型
8	**respect** [rɪ'spɛkt]	動 名 尊敬；尊重

① 形 res'pectful 表示尊敬
② 形 re'spectable 值得尊敬的

Lesson 89

1	**specific** [spɪˋsɪfɪk]	形 特定的；確切的
2	**ambassador** [æmˋbæsədɚ]	名 大使
3	**assist** [əˋsɪst]	動 協助；幫助
	① 名 aˋssistant 助手	
4	**blossom** [ˋblɑsəm]	名 開花
5	**conquer** [ˋkɑŋkɚ]	動 征服；克服
6	**devote** [dɪˋvot]	動 致力於；貢獻
7	**emperor** [ˋɛmpərɚ]	名 皇帝
8	**foremost** [ˋfor‚most]	形 最先的；最重要的
9	**heaven** [ˋhɛvən]	名 天空；天國

Lesson 90

1	**indifferent** [ɪnˈdɪfrənt]	形 漠不關心的；冷淡的
2	**librarian** [laɪˈbrɛrɪən]	名 圖書管理員
3	**memory** [ˈmɛmərɪ]	名 記憶；記性
4	**philosophy** [fəˈlɑsəfɪ]	名 哲學
5	**relief** [rɪˈlif]	名 緩解；減輕；解除
6	**rush** [rʌʃ]	名 急著趕 名 急件；緊急
7	**special** [ˈspɛʃəl]	形 特價優待；特別的 名 特餐；（電視的）特別節目
8	**ambulance** [ˈæmbjələns]	名 救護車
9	**athletic** [æθˈlɛtɪk]	形 敏捷的；活躍的；運動方面很好的
10	**bloom** [blum]	動 花開；繁榮

1	**citizen** [ˈsɪtəzn̩]	名 公民
2	**communicate** [kəˈmjunəˌket]	動 聯絡
3	**critical** [ˈkrɪkɪkl̩]	形 危急的；批評的
4	**dread** [drɛd]	動 名 害怕
5	**empty** [ˈɛmptɪ]	形 空的；用罄
6	**forgive** [fɚˈgɪv]	動 原諒
7	**hobby** [ˈhɑbɪ]	名 嗜好
8	**industry** [ˈɪndəstrɪ]	名 行業；工業
9	**invent** [ɪnˈvɛnt]	動 發明

① 名 in'vention 發明
② 名 in'ventor 發明家

| 10 | **majesty** [ˈmædʒɪstɪ] | 名 雄偉；壯麗 |

1	**necessary** ['nɛsə,sɛrɪ]	形	必需的

① 名 ne'cessity 必需品

2	**proper** ['prɑpɚ]	形	適宜的；正確的
3	**quit** [kwɪt]	動	辭職；終止
4	**require** [rɪ'kwaɪr]	動	要求
5	**single** ['sɪŋgḷ]	形	單身的；單人的
6	**supply** [sə'plaɪ]	動	供給；提供；供應
7	**appointment** [ə'pɔɪntmənt]	名	約會；約定時間
8	**attendance** [ə'tɛndəns]	名	出席；出席率；出席人數
9	**bond** [bɑnd]	名	連結；公債；債券
10	**civilian** [sə'vɪljən]	名	平民；百姓

Lesson 93

1	**digest** [daɪˈdʒɛst]	動 消化
2	**enjoy** [ɪnˈdʒɔɪ]	動 享受；喜歡；感到樂趣
3	**forget** [fɚˈgɛt]	動 忘記
4	**influence** [ˈɪnfluəns]	名 影響；動 發生影響

① 形 influ'ential 有影響力的
② have an influence on～ 對～有影響力

5	**mainly** [ˈmenlɪ]	副 主要是
6	**picture** [ˈpɪktʃɚ]	名 圖畫；（電視）畫面；照片
7	**slave** [slev]	名 奴隸
8	**remote** [rɪˈmot]	形 遙遠的；名 遙控器
9	**suitable** [ˈsutəbl̩]	形 適當的

① 名 suita'bility 適當

1	**archery** [ˈɑrtʃərɪ]	名 射箭

2	**bonus** [ˈbonəs]	名 紅利

3	**coincide** [ˌkoɪnˈsaɪd]	動 與⋯一致；符合；相符

4	**direct** [dəˈrɛkt]	形 直接的

① 動 指揮；（電話）轉接；給⋯指路

5	**estimate** [ˈɛstəmɪt]	動 估價；估計

6	**fortune** [ˈfɔrtʃən]	名 富有；好運；命運

7	**intellectual** [ˌɪntḷˈɛktʃʊəl]	名 知識分子；有學識的人 形 知性的；智力的

8	**mechanical** [məˈkænɪkḷ]	形 機械方面的

9	**permission** [pəˈmɪʃən]	名 許可

10	**review** [rɪˈvju]	動 溫習；細察；審核

1	**speculate** ['spɛkjə,let]	動 深思；猜測；推斷
2	**arrive** [ə'raɪv]	動 抵達
3	**boycott** ['bɔɪ,kɑt]	動 杯葛
4	**confidence** ['kɑnfədəns]	名 信心
5	**extra** ['ɛkstrə]	形 額外的；多餘的
6	**persist** [pɚ'zɪst]	動 堅持

① 名 per'sistency 持續
② 形 per'sistent 有持續性的；堅持的

7	**suspect** [sə'spɛkt]	名 嫌疑犯 動 懷疑
8	**astronaut** ['æstrə,nɔt]	名 太空人
9	**brand** [brænd]	名 品牌
10	**create** [krɪ'et]	動 創造；創作；引起

Part 2 速聽學英語　好聽力！從聽單字開始

Lesson 96

1	**disagree** [ˌdɪsəˈgri]	動 不一致；不同意
2	**exempt** [ɪgˈzɛmpt]	形 被免除（義務、責任）的 動 免除（義務）；予以免疫性
3	**formal** [ˈfɔrml̩]	形 正式的

① 名 for'mality 正式

4	**institution** [mstəˈtjuʃən]	名 協會；機構

① 形 insti'tutional 協會的
② 形 mental institution 精神病院

5	**petition** [pəˈtɪʃən]	動 請願；正式請求
6	**strange** [strendʒ]	形 奇怪
7	**attach** [əˈtætʃ]	動 附上；使屬於

① attach A to B 把A附在B上
② 名 a'ttachment 附上；附屬品

8	**bother** [ˈbɑðɚ]	動 打擾；麻煩；困擾
9	**collect** [kəˈlɛkt]	動 收集

1	**convenient** [kən'vinjənt]	形	方便的
2	**fare** [fɛr]	名	車資；車費
3	**interpret** [ɪn'tɝprɪt]	動	翻譯；解釋；說明
4	**responsible** [rɪ'spɑnsəbḷ]	形	有責任的；負責的
5	**suspicious** [sə'spɪʃəs]	形	可疑的；疑心的
6	**auction** ['ɔkʃən]	名	拍賣；拍賣會
7	**broadcast** ['brɔd,kæst]	動 名	廣播；播出；傳播
8	**comedian** [kə'midɪən]	名	喜劇演員
9	**commit** [kə'mɪt]	動	犯罪；做（錯事、壞事、傻事）
10	**intelligent** [ɪn'tɛlədʒnt]	形	聰穎；有才智的
11	**average** ['ævərɪdʒ]	形	一般的

Part 2 速聽學英語　好聽力！從聽單字開始

好聽力！用耳朵學英語---老外怎麼說都聽得懂

英語系列：44

作者／施孝昌
出版者／哈福企業有限公司
地址／新北市板橋區五權街16號
電話／(02) 2945-6285　傳真／(02) 2945-6986
郵政劃撥／31598840　戶名／哈福企業有限公司
出版日期／2017年12月　再版三刷／2018年8月
定價／NT$ 299元 (附MP3)

全球華文國際市場總代理／采舍國際有限公司
地址／新北市中和區中山路2段366巷10號3樓
電話／(02) 8245-8786　　傳真／(02) 8245-8718
網址／www.silkbook.com　新絲路華文網

香港澳門總經銷／和平圖書有限公司
地址／香港柴灣嘉業街12號百樂門大廈17樓
電話／(852) 2804-6687　傳真／(852) 2804-6409
定價／港幣100元 (附MP3)

圖片／shuttlestock
email／haanet68@Gmail.com
網址／Haa-net.com
facebook／Haa-net 哈福網路商城

國家圖書館出版品預行編目資料

好聽力！用耳朵學英語---老外怎麼說都
聽得懂 / 施孝昌著. -- 新北市：哈福企業
, 2017.12
　　面；　公分. -- (英語系列；44)
ISBN 978-986-94966-6-7(平裝附光碟片)

1.英語 2.讀本

805.18　　　　　　　　106020256